Mari Hanes

Pocahontas – die wahre Geschichte

ONCKEN VERLAG WUPPERTAL UND KASSEL

Die amerikanische Originalausgabe erschien
unter dem Titel »Pocahontas«
bei Questar Publishers, Inc. 305 W. Adams
P.O. Box 1720, Sister, Oregon 97759 USA

Deutsch von Damaris Müller

3. Auflage 2000

Umschlaggestaltung: Junge & Kleschnitzki, Witten
Umschlagbild: Paul Bachem
Gesamtherstellung: Breklumer Druckerei Manfred Siegel KG
ISBN 3-7893-8014-8
Bestell-Nr. 628 014

Dieses Buch ist gedruckt auf 100 % Recyclingpapier

INHALT

Ein blinder Passagier

Da kamen sie! Obwohl sie Mokassins trugen und so leise wie Rehe am Flussufer entlang huschten, konnte Pocahontas den Rhythmus ihrer Schritte hören.

Unter einer Decke aus Bärenfell verborgen, lag Pocahontas auf dem Boden des Kanus. Rasch zog sie die Beine noch enger an ihren Körper heran und machte sich so klein wie möglich.

Sie dürfen mich auf keinen Fall finden, schoss es ihr durch den Kopf. Ich will mit auf diese Reise gehen.

Die Brüder kamen immer näher. Pocahontas hörte sie nicht miteinander sprechen. Sie wusste, dass keine Worte notwendig waren. Zwischen diesen beiden – Parahunt, ihrem ältesten Bruder, und Tatacoope, einem ihrer Halbbrüder, herrschte vollkommenes Einverständnis.

Irgendetwas wurde neben ihr ins Kanu gelegt – wahrscheinlich Bogen, Pfeile und Speer. Diese Dinge hielten die Brüder immer griffbereit.

Und dann spürte Pocahontas, wie ihr Versteck vorwärts glitt. Unter ihr knirschte der Kies, während das Kanu in den Fluss geschoben wurde.

Das Mädchen hielt den Atem an. Das Boot neigte sich ein wenig zur Seite und sank tiefer ins Wasser ein, als Parahunt seinen üblichen Platz vorne im Kanu einnahm. Noch einmal schwankte das Kanu. Jetzt ließ Tatacoope sich wohl hinten im Boot nieder, ganz nahe beim Versteck des blinden Passagiers.

Die morgendliche Stille wurde nun durch Parahunts kräftige Stimme unterbrochen. Er sprach das Gebet, das er immer beim ersten Schlag seines Paddels betete. Dabei wandte er sein Gesicht der Sonne zu.

»Wir danken dir, Schöpfergott«, sang seine Stimme mit

einer einfachen Melodie, »für das Geschenk des Baumes für dieses Kanu, damit wir auf dem Geschenk deines großen Flusses fahren können.«

Die Brüder paddelten in regelmäßigem Rhythmus. Das Wasser schwappte gegen das Kanu. Das Geräusch erschien Pocahontas wie ein fröhliches Lied. Die erfrischende Kühle des Flusses drang durch die Birkenrinde ins Innere des Bootes, und in Pocahontas stieg ein Gefühl der Freude auf – wie Luftblasen, die an die Wasseroberfläche drängten. Beinahe entfuhr ihr ein Kichern, doch sie presste schnell ihre Lippen zusammen. Ihr Vorhaben war gelungen! Sie begleitete die Brüder auf ihrer Reise!

Aber wohin?

Pocahontas wusste es nicht.

Sie wusste, dass sie nicht unterwegs waren, um mit anderen Kriegern den mächtigen Wal zu jagen. Es war nicht die richtige Jahreszeit dafür. Außerdem, wenn Pocahontas auch sehr mutig war, so war sie nicht sicher, ob sie wirklich auf das Wasser des Meeres hinausfahren wollte, das ihr Volk den Chesapeake nannte, oder noch weiter hinaus auf die Wellen des großen grauen Ozeans. Für die lange Jagd nach dem Wal ließen die Männer ihres Dorfes die stolzen Kanus aus Birkenrinde zurück. Sie fuhren in größeren Booten, die aus riesigen ausgehöhlten Baumstämmen gemacht waren. In diesen Booten konnten viele Männer sitzen und mit starken Paddelschlägen den Fluss hinauffahren.

In den neun Sommern ihres kurzen Lebens hatte Pocahontas schon viele Geschichten über die Waljagden gehört. Ein älterer Bruder war einmal von der schrecklichen Schwanzflosse eines Wals getroffen worden und nie wieder heimgekehrt.

Pocahontas wusste auch, dass Parahunt und Tatacoope nicht unterwegs waren, um auf den Kriegspfad zu ziehen.

Kämpfe zwischen den Stämmen waren viel häufiger als Waljagden, denn ihr Vater, der sich selbst Powhatan nannte, war der mächtige König der Algonkin-Indianer. Er hatte dreißig Stämme besiegt und herrschte nun über zweihundert Dörfer. Sein Volk hatte eine Menge Kriege erlebt. Doch seit vielen Monden hatte es in Pocahontas' Dorf keine Kriegstänze mehr gegeben. Außerdem hatte sie keine Kriegsbemalung entdecken können, als ihre Brüder sich auf diese Reise vorbereiteten.

Ganz offensichtlich waren nur Parahunt und Tatacoope für dieses besondere Unternehmen ausgewählt worden. Pocahontas hatte aus einiger Entfernung beobachtet, wie sie sich leise mit ihrem Vater berieten. Ihre Gesichter waren sehr ernst gewesen und ihre Stimmen nie lauter als ein Flüstern. Und Pocahontas sah zu, wie ihre Brüder einen Speer mit einer glänzenden Spitze versahen. Das Metall dafür war für einen hohen Preis von einem fremden Händler aus dem Norden gekauft worden.

Was bedeutete das alles?

»Vater, darf ich mit den Brüdern gehen?«, hatte Pocahontas gefragt.

Powhatan hatte die Augenbrauen hochgezogen und ganz energisch den Kopf geschüttelt. Er hatte kein Wort der Erklärung hinzugefügt. Doch dadurch wurde Pocahontas' Neugier nur noch größer. Sie wollte auf keinen Fall zurückbleiben!

Das sanfte Schaukeln des Kanus ließ Pocahontas bald schläfrig werden. Unter dem schweren Bärenfell fühlte sie sich so behaglich wie ein Eichhörnchen, das sein Nest in einem hohlen Baum hat. Sie schlief ein und träumte, dass sie ihr Kanu über den schönen großen Fluss lenkte. In ihrem Traum fuhr sie durch den schattigen grünen Wald bis zum Chesapeake. Dorthin war der Wal vom großen grauen Ozean gekommen, um sie zu treffen und mit ihr zu reden. Sicher würde er freundlich zu ihr sein. Er würde sie nicht mit seiner Schwanzflosse schlagen.

Plötzlich ging ein Zittern durch das Boot. Pocahontas hörte es neben ihrem Kopf knirschen und klopfen. Mit einem erschrockenen Aufschrei fuhr sie hoch und warf das Bärenfell beiseite. Wasser spritzte ihr ins Gesicht. Die ganze Welt war weiß und nass und drehte sich vor ihren Augen.

Das Kanu hatte sich einen Weg durch felsige Stromschnellen gebahnt. Als Pocahontas das erkannte, fürchtete sie sich nicht mehr vor dem Fluss, dafür aber umso mehr vor ihren Brüdern. Das Kanu glitt nun in ruhigeres Wasser, doch auf den Gesichtern von Parahunt und Tatacoope zog ein Sturm auf. Sie holten die Paddel herein und ließen das Boot in der langsamen Strömung treiben. Dabei blickten sie ihren blinden Passagier finster an.

»Pocahontas!«, rief Tatacoope. Er griff nach ihrem Ohr und zog daran, bis Pocahontas anfing zu weinen. »Du kleine Gaunerin! Du bist so rasch und schlau und voller Unfug wie dein kleiner Otter. Ich glaube, ich werde nach Hause gehen und ihn töten, weil er dir seinen Geist eingehaucht hat!« Tatacoope zog noch fester an ihrem Ohr.

»Nein!«, schrie sie und dachte dabei mehr an ihr geliebtes Tier als an den Schmerz.

»Hör auf!«, befahl Parahunt. Tatacoope ließ Pocahontas' Ohr los. Doch das Feuer unterdrückten Zorns in Parahunts Augen war noch viel schlimmer als Tatacoopes Bestrafung.

»Du weißt, dass Vater dir verboten hat, mit uns zu kommen!«, fauchte Parahunt seine Schwester an. Mit einer ruckartigen Bewegung hob er sein Paddel auf.

»Ich bin aber sehr mutig und werde euch auch bei Gefahr nicht in Schwierigkeiten bringen«, erwiderte sie, obwohl ihr noch mehr Tränen in die Augen stiegen.

»Das weiß ich«, antwortete Parahunt.

»Ihr zieht nicht auf den Kriegspfad«, erklärte Pocahontas. »So viel habe ich gesehen.«

»Nein«, bestätigte er.

»Und es ist auch nicht die Jahreszeit, um den mächtigen Wal zu jagen.«

»Nein.«

»Wollt ihr unsere Feinde, die Irokesen, ausspionieren?«

»Nein.«

»Warum kann ich dann nicht mitkommen?«, bettelte Pocahontas. Sie hielt ihre kleine Korbtasche hoch, die mit geröstetem Mais und getrockneten Beeren gefüllt war. »Seht her, ich habe sogar mein eigenes Essen mitgebracht. Ich werde euch nicht zur Last fallen.«

Parahunts Mund verzog sich beinahe zu einem Lächeln. Aber er war fest entschlossen streng zu bleiben. »Es geht nicht ums Essen, kleine Schwester«, sagte er nur. »Wir gehen auf eine Reise, die eine Arbeit für Männer ist und kein Kinderspiel. Es ist eine Sache, von der du nichts verstehst.«

»Wir können sie einfach hier absetzen«, schlug Tatacoope vor. Seine Stimme klang grausam.

Parahunt dachte einen Augenblick nach. »Nein, sie kann nicht allein so weit zu Fuß gehen. Das ist zu gefährlich.« Ohne ein weiteres Wort wendete er geschickt das Kanu und machte sich an die mühevolle Arbeit den Fluss hinaufzupaddeln. Sie fuhren zurück nach Comoco, dem Dorf von Häuptling Powhatan.

Während Pocahontas auf die starken Arme ihrer Brüder schaute, die mit der Strömung kämpften, seufzte sie voller Enttäuschung. *Das ist ungerecht,* dachte sie. Warum konnte sie nicht mit auf diese Reise gehen? *Eine Sache, von der sie nichts verstand.* Schließlich wusste sie schon so viele Dinge und hatte sogar beim Bau dieses Kanus geholfen. Sie liebte es ebenso sehr, wie ihre Brüder es taten. Mit ihren eigenen Händen hatte sie geholfen, die inneren Verstrebungen rund zu machen, indem sie die Äste in einer Lehmgrube erwärmt hatte, die mit heißen Steinen angefüllt war. Sie selbst hatte das Wasser dafür herbeigeschleppt. Parahunt hatte ihr sogar gestattet, einen Teil der Rinde zusammenzunähen, die in gleichmäßigen Streifen vorsichtig von den Birken geschält worden war. Mit einer Knochennadel hatten Pocahontas' geschickte Finger dünne Schnüre aus Wurzeln und Ulmenrinde durchgezogen, um die Rindenstücke miteinander zu verbinden. Und mit ihren eigenen Handflächen hatte Pocahontas Kiefernharz in die Nähte eingerieben, damit sie wasserdicht wurden.

Sie erinnerte sich an das Lächeln auf Parahunts Gesicht. »Meine kleine Schwester hat so hart gearbeitet, dass ihr ein Teil dieses Bootes gehört«, hatte er gesagt. Und das sah Pocahontas genauso.

Der klare Fluss schoss an ihrem Kanu vorbei, während sie und die Brüder nach Hause fuhren. Pocahontas sah die wärmenden Strahlen der Sonne bis zu einem Schwarm Forellen hinabreichen. Der Wald auf beiden Seiten des Flusses quoll über von Leben. Biber und Nerze ließen sich von dem Kanu, das ruhig vorüberglitt, nicht stören und Pocahontas entdeckte auch rotköpfige Enten und blaue Reiher. Über ihren Köpfen schrien die Gänse, die in den Norden flogen. In ihrer Begeisterung für die Schönheit, die sie umgab, vergaß Pocahontas fast, dass sie wieder unterwegs nach Hause war. Und zu Hause warteten ihre kindlichen Pflichten und vor allem – ihr Vater.

Vater wird verstehen, warum ich unbedingt im Kanu mitfahren wollte, dachte sie. Ihr Vater war ein weiser Mann, denn er hatte schon beinahe siebzig Sommer erlebt. Er würde es verstehen.

Oder doch nicht? Pocahontas begann sich Sorgen zu machen. Jetzt war sie beinahe schon zufrieden, dass sie auf ihrer verbotenen Reise überhaupt so weit gekommen war.

Bald kündigte ein vertrautes Geräusch an, dass sie das Dorf fast erreicht hatten. Es war das Rauschen des Wasserfalls in einem kleinen Fluss, der kurz über dem Dorf Comoco in den großen Fluss mündete.

Nach einer weiteren Flussbiegung konnte Pocahontas den hohen Zaun aus Baumstämmen erkennen, den Powhatan um die fünfzig Wigwams seines Dorfes hatte bauen lassen. Der Anblick ließ in ihr eine seltsame Vorahnung aufsteigen, ein Gefühl, das sie noch nie vorher gehabt hatte. Am Flussufer bellten die Hunde zur Begrüßung.

Und sie standen schon da und warteten: Powhatan und neben ihm der Quiyow, der Medizinmann des Stammes. Sein Gesicht war schwarz bemalt und er trug einen Mantel aus Wieselfellen und Schlangenhäuten. Irgendetwas Wichtiges ging hier vor sich, sonst wäre der Medizinmann nicht da gewesen. Er lebte ein Stück vom Dorf entfernt und Pocahontas hatte ihn seit der letzten Dunklen Zeremonie nicht mehr gesehen. Sie spürte die Angst wie einen Knoten in ihrem Magen. Das war immer so, wenn sie den Medizinmann sah, obwohl er noch nie ein Wort mit ihr gesprochen hatte.

Außer diesen beiden war niemand mehr diesseits der Holzwand.

Nun zogen die Brüder das Kanu an Land. Als sie ihr hinaushalfen, spürte Pocahontas, wie ihre Knie zitterten. Zögernd ging sie auf ihren Vater zu. Sie schaute zu Boden und ließ die Schultern hängen.

»Sieh mich an, Tochter!«, befahl der Häuptling, als sie vor ihn trat. Seine Stimme klang wie das Knurren eines Pumas.

Pocahontas gehorchte. Ihr Vater ragte groß vor ihren Augen empor und plötzlich überfielen sie große Ehrfurcht und Respekt vor diesem mächtigen König.

Langsam redete Powhatan weiter: »Deine Mutter nannte dich Matoaka – ›Verspieltes Kind‹. Ich war derjenige, der dich Pocahontas nannte – ›Lieblingstochter‹.«

Darauf nickte Pocahontas leicht, ohne zu lächeln. Heute lag kein freundlicher Ausdruck in den Augen ihres Vaters. Seine Stimme hatte nicht die gleiche Wärme wie sonst.

»Ich habe dich immer wegen deiner Schönheit geliebt«, fuhr er fort. »Und wegen deiner Tapferkeit und deines Geistes. Aber dein Geist darf sich nie wieder dem meinen widersetzen.«

Pocahontas schluckte und setzte leise an: »Aber, Vater ...«

»*Sei still!*«, donnerte er. »Ich habe siebenundachtzig Kinder. Keines von ihnen würde wagen, was du heute getan hast!«

In Pocahontas' Kehle bildete sich ein dicker Kloß und sie meinte daran ersticken zu müssen. Rasch wandte sie die Augen von dem schrecklichen Blick ihres Vaters ab. Doch das feindselige Funkeln in den Augen des Medizinmannes jagte ihr noch mehr Angst ein, und so senkte sie den Kopf. Neben ihren Füßen sah sie die Mokassins ihrer Brüder, die schweigend links und rechts von ihr standen.

»Du musst immer daran denken, wer du bist«, sagte ihr Vater. »Du bist Prinzessin Pocahontas. Eines Tages wirst du eine Medizinfrau sein und über dein eigenes Dorf herrschen. Aber heute hast du dich sehr dumm verhalten. Deine Mutter, Halewa, hat sich deinetwegen große Sorgen gemacht. Sie vermutete schon, dass du heimlich ins Kanu gestiegen bist.

Ich habe daher entschieden, dass du so lange kein Essen bekommen wirst, bis die Brüder von ihrer Reise zurückgekehrt sind«, verkündete Powhatan. »Und du wirst nur die Pflichten der allerjüngsten Töchter verrichten, denn du hast dich wirklich wie ein kleines Kind benommen.«

Pocahontas spürte die Röte der Scham auf ihren Wangen.

»Außerdem darf zur Strafe niemand mit dir sprechen«, fuhr ihr Vater fort. Sie schaute auf. »Und du darfst mit niemandem sprechen – bis die Brüder zurückgekehrt sind.«

In Pocahontas' Kopf drehte sich alles vor Reue und Bestürzung. Sie sah, wie Powhatan seinen Söhnen kurz zunickte. Rasch eilten die beiden fort. Hinter ihr hörte Pocahontas zum zweiten Mal an diesem Morgen, ohne dass sie es sehen konnte, wie das Kanu der Brüder in den Fluss geschoben wurde.

Powhatan und der Medizinmann drehten sich um und gingen durch den Holzzaun zurück ins Dorf. Pocahontas blieb allein.

Da begann sie zu rennen. Sie lief am Zaun vorbei in den Wald hinein, bis sie auf einen grasbewachsenen Hügel kam, von dem aus man den Wasserfall sehen konnte. Dies war ihr ganz besonderer Platz, an dem sie nachdenken und allein sein konnte. Pocahontas erreichte gerade noch den Hügel, bevor sie sich auf den Boden fallen ließ und in Tränen ausbrach.

Noch nie zuvor hatte sie ihren Vater so zornig erlebt. Und noch nie hatte er sie so hart bestraft. Es war eine bittere Pille, aber ihr blieb nichts anderes übrig als sie zu schlucken.

Die Strafe

Als Pocahontas bei Sonnenaufgang erwachte, knurrte ihr Magen bereits vor Hunger. Rasch stand sie auf und zog ihren Schurz aus Rehleder an, die Alltagskleidung für alle Kinder ihres Stammes.

Anschließend stieß sie die lederüberzogene Tür des Wigwams auf. Ihre Mutter kochte gerade ihr Lieblingsfrühstück: gegrillte Forelle und Maiskuchen. Halewa schaute kurz von der mit Steinen eingefassten Feuerstelle auf, doch sie mied den Blick ihrer Tochter.

Mit dem Gefühl, eine Ausgestoßene zu sein, ging Pocahontas schweigend an der Feuerstelle vorbei und lief zu ihrem Platz am Wasser hinunter. Dort kniete sie am Flussufer nieder, um ihr Gesicht in das klare Wasser zu tauchen.

In der Mitte des Flusses erschien ein glänzender pelziger Kopf. Der geschmeidige silbrige Leib des Otters steuerte durchs Wasser auf sie zu, dann kam das kleine Tier ans Ufer und eilte an ihre Seite. Als freudige Begrüßung drückte es seine kalte Nase an Pocahontas' Bein und drehte sich dann auf den Rücken.

Pocahontas begann ihm den Bauch zu kraulen. »Guten Morgen, kleiner Otter«, sagte sie voll Dankbarkeit, mit jemandem sprechen zu können. »Heute bist du der Einzige auf der ganzen Welt, der nicht böse auf mich ist. Und ich bin sogar noch schuld daran, dass Tatacoope auch auf dich böse ist. Er hat gedroht, dich zu töten. Er sagte, ich hätte dein Wesen angenommen. Vielleicht stimmt das ja sogar, wo ich dich doch so lieb habe!«

Genau an diesem Platz hatte Pocahontas ihr Lieblingstier an einem Wintertag gefunden: ein winziges verlassenes Otterjunges, nur so groß wie ihre Hand.

»Lass ihn sterben«, hatte Tatacoope gesagt. »Einen Otter kann man nicht zähmen.«

Aber Pocahontas war immer wieder mit zerkleinertem Fisch und manchmal sogar mit etwas Rehfleisch zurückgekehrt, um ihn zu füttern. Und schon wenige Wochen später ernährte sich der kleine Otter selbst von den Flusskrebsen, die auf dem sandigen Grund des Flusses lebten. Er hatte sich nie weit von Pocahontas' Lieblingsplatz entfernt und kam jeden Morgen hierher zu ihr.

Nun sprang der kleine Otter wieder ins Wasser. Das Mädchen folgte ihm gleich darauf, doch nur für kurze Zeit. Sie wusste, dass sie der Arbeit, die zu ihrer Strafe gehörte, nicht aus dem Weg gehen konnte und kletterte ans Ufer.

»Schwimm fort, mein Freund!«, rief sie ihm vom Ufer zu, bevor sie sich zum Gehen wandte. »Denk daran: Du musst vorsichtig sein!«

Daheim im Dorf sammelte Pocahontas Feuerholz mit den Mädchen, die erst vier oder fünf Sommer zählten. Den ganzen Morgen über fragte sie sich, welche Abenteuer Parahunt und Tatacoope wohl erleben mochten - ohne sie.

Als die Sonne am höchsten stand, kam ihre Mutter zu ihr. Halewa hielt einen schlafenden Säugling im Arm, der in weiche Kaninchenfelle gehüllt war. Der kleine Junge war schon vier Monde alt, doch er hatte noch keinen Namen erhalten. Ohne ein Wort legte Halewa ihrer Tochter den Säugling in die Arme.

Pocahontas brachte ihren Bruder ins Innere des Wigwams. Behutsam legte sie ihn in die Holzwiege neben der mit Tierhäuten bedeckten Schlafmatte ihrer Mutter. Die anderen beiden Matten gehörten Pocahontas und ihrer älteren Schwester, Kahnessa.

Das Kopfende der Holzwiege war mit Muscheln geschmückt, die an Schnüren herunterbaumelten. Das erinnerte Pocahontas an die Erzählungen von ihrer eigenen frühen Kindheit. Auch sie hatte in dieser Holzwiege geschlafen, und diese Muscheln waren das erste Spielzeug gewesen, mit dem ihre winzigen Hände gespielt hatten.

Als Säugling war sie so klein gewesen, dass ihr Vater sich gefürchtet hatte, sie auf seine Arme zu nehmen. Die Prinzessin war zu früh geboren worden. Alle dachten, sie würde sterben. Als sie jedoch am Leben geblieben war, hatte ihr Vater dies für ein Zeichen gehalten – sie sei ein Kind mit einem großen Geist. Und er hatte begonnen sie ganz besonders zu lieben.

»Zu diesem Zeitpunkt wusste ich, dass du an Schönheit und Geist alle anderen übertreffen würdest«, sagte ihr Vater oft zu ihr. Er stellte schnell fest, dass Pocahontas im Lernen allen anderen voraus war. Es hatte nicht lange gedauert, bis Pocahontas begriffen hatte, dass ihr Vater und ihre Brüder über alle Dinge Bescheid wussten. Und sie versuchte alles von ihnen zu lernen. Viele Male hatte Powhatan ihr stolz zugeschaut, wie schnell sie die wichtigen Dinge über den Wald, den Fluss und die Gezeiten lernte.

Pocahontas erinnerte sich auch noch gut an sein freundliches Lächeln, als sie ihm Eicheln brachte, die sie selbst getrocknet und gemahlen hatte. Außerdem hatte sie ihm Zucker geschenkt, den sie von den Ahornbäumen geerntet hatte, oder den milchigen Saft von Walnüssen.

Immer fand Pocahontas Süßkartoffeln und wilde Artischocken, bevor andere sie bemerkten. Wenn sie diese Dinge Powhatan zeigte, konnte sie sicher sein, dass er seinen Arm um sie legen und stolz ihren Namen aussprechen würde: »Pocahontas!«

Ja, sie war seine Lieblingstochter. Sonst wäre sein Zorn gestern, als sie im Kanu zurückgekommen war, noch viel heftiger gewesen!

Pocahontas hörte, wie ihr namenloser Bruder sich im Schlaf regte und anfing zu weinen. Während sie den Säugling hochhob, um ihn in ihren Armen zu wiegen, beschloss sie im Stillen, so bald wie möglich eine Artischocke für ihren Vater zu suchen.

Aber erst am nächsten Nachmittag konnte sie ihren Pflichten entkommen und sich auf die Suche begeben. An diesen beiden Tagen hatte sie nur Wasser zu sich nehmen dürfen. Ihr Magen knurrte unaufhörlich, doch das war nicht die schlimmste Strafe, denn wie alle Kinder ihres Dorfes hatte sie gelernt, Hunger und Schmerz schweigend zu ertragen.

Dass niemand mit ihr sprach, ja, dass die anderen sie nicht einmal ansahen, war weitaus schlimmer. Mit ihnen zu reden gab Pocahontas immer das Gefühl, geliebt zu werden. Und nun schien es ihr so, als ob keiner sie lieb hätte.

Darum war sie jetzt froh, dass sie sich von den anderen zurückziehen konnte. Schließlich fand sie am Rande eines Sumpfes, unter Farnen versteckt, zwei zarte Artischocken. Pocahontas wünschte, sie könnte ihren Mund mit einem Bissen dieser Delikatesse füllen. Oder mit den reifen Erdbeeren, die sie in der Nähe entdeckte. Doch Pocahontas wagte nicht, etwas zu essen. Der strenge Befehl ihres Vaters hatte ihr jede Nahrung verboten, sie zum Tabu erklärt, und sie fürchtete sich vor dem Zorn der Geister. Ein gebrochenes Tabu würde unweigerlich eine Strafe nach sich ziehen.

Schnell sammelte Pocahontas die Artischocken in ihren Schurz und trug sie ins Dorf. Sie betrat das langgezogene Haus ihres Vaters. Es war leer. Sie ließ ihre Friedensgabe in einem Korb neben dem Stuhl ihres Vaters zurück. Er würde wissen, wer ihm die Artischocken gebracht hatte.

Am nächsten Morgen gab Halewa ihrer Tochter ein Zeichen ihr zu folgen. Pocahontas ging fröhlich mit, denn ihre Mutter summte das Pflanzlied. Heute war wieder ein Tag, um

Mais und Bohnen zu pflanzen, und Pocahontas arbeitete gern auf den Feldern.

Als sie dort angekommen waren, durfte Pocahontas jedoch nur die Aufgabe der kleineren Mädchen verrichten, nämlich vier Maiskörner und zwei Bohnen in jedes Saatloch werfen. Die Löcher wurden vorher sehr sorgfältig von den älteren Mädchen und Frauen gegraben. Sie mussten genau die richtige Tiefe und den richtigen Abstand voneinander haben. Halewa und die anderen Frauen schwatzten miteinander, während sie arbeiteten. Auch Pocahontas' Schwester Kahnessa und die anderen Mädchen lachten und erzählten Geschichten. Nur Pocahontas blieb still.

Einige Zeit bevor die Sonne am höchsten stand ertönte vom Dorf her der Ruf: »Parahunt ist zurück!«

Sofort blickte das Mädchen ihre Mutter an. Halewa lächelte. »Die Strafe ist vorbei«, sagte sie und nahm einen Maiskuchen aus ihrer Tasche. »Hier, meine Matoaka. Iss.«

»Darf ich gehen und die Brüder begrüßen?«, bat das Mädchen aufgeregt.

»Ja, mein Kind.«

Noch nie hatte ein Maiskuchen ihr besser geschmeckt, doch Pocahontas schlang ihn beim Laufen hinunter. Als sie das Flussufer erreichte, stiegen die Brüder gerade aus ihrem Kanu. Sie lief zu ihnen hinüber.

Tatacoope entdeckte seine kleine Schwester zuerst. Er runzelte die Stirn, spuckte auf den Boden und murmelte nur: »Kleiner Otter!« Doch Parahunt suchte ihren Blick und lächelte. Danach streckte er die Hand aus und fuhr ihr liebevoll durch die Haare.

Häuptling Powhatan kam durch das Tor in der Holzwand, von dem Furcht erregenden alten Quiyow und mehreren Kriegern begleitet. Er schien Pocahontas nicht zu bemerken. Sie fragte sich, ob ihr Vater wohl die Artischocken entdeckt hatte.

Jetzt trat Parahunt feierlich vor die Männer. Er begann ohne weitere Vorrede mit seinem Bericht, während immer mehr Dorfbewohner sich um die Gruppe versammelten.

»Es ist wahr, Vater! Ich habe es mit meinen eigenen Augen gesehen! Drei mächtige Schiffe mit Segeln so groß wie Wolken haben an der Mündung des Chesapeake angelegt. Weiße Männer sind in Powhatans Land eingedrungen!«

Pocahontas hörte, wie einige Dorfbewohner nach Luft schnappten, während andere aufgeregt miteinander flüsterten. Alle hatten sie schon von den bärtigen weißen Fremden erfahren, die zu anderen Stämmen gekommen waren und die sich Spanier nannten. Schon Pocahontas' Großvater, Powhatans Vater, hatte im fernen Süden gegen sie gekämpft. Und jetzt waren sie hierher gekommen!

Parahunt sprach deutlich und ruhig: »Wir hatten uns ganz in der Nähe versteckt, wie du es uns gesagt hattest. So konnten wir alles sehen, ohne selbst gesehen zu werden. Wir haben einhundertundvier hellhäutige Soldaten gezählt, die Brustpanzer und Hüte aus Metall trugen. Sie haben viele Waffen.«

Pocahontas sah, wie die Miene ihres Vaters sich verfinsterte.

»Wir müssen sie beobachten«, entschied er, »und Tag und Nacht Wache halten. Wir müssen wachsam sein und abwarten.«

Pocahontas' Blicke schweiften von ihrem Vater zu ihren Brüdern. Was sie sah, erschreckte sie. Die Gesichter der Männer waren angespannt und verwirrt. Konnte es etwas geben, das sie nicht wussten? Etwas, das sie nicht verstanden?

Die Begegnung

Eines Morgens im Spätsommer wurde Pocahontas von einem Lied geweckt, das ihr sehr vertraut war.

So weit sie sich zurückerinnern konnte, waren die Jahreszeiten und einzelnen Ereignisse mit besonderen Liedern verbunden. Es gab Pflanzlieder und Erntelieder, Lieder fürs Muschelsammeln und fürs Fischen. Da waren die Gesänge für die Toten und die fröhlichen Lieder bei einer Geburt. Auch Frieden und Krieg wurden durch ganz bestimmte Melodien begleitet.

Heute hörte Pocahontas ihr Lieblingslied. Ihre Mutter summte das Beerenpflücklied und das bedeutete, dass der Tag des großen Festes gekommen war.

»Endlich!«, rief das Mädchen. »Und diesmal darf ich das Kleid der Erwachsenen tragen!«

Halewa lachte. Sie hatte das neue Kleid bereits auf ihrer Schlafmatte ausgebreitet. »Jawohl«, bestätigte sie, »es ist fertig.«

Pocahontas genoss den Anblick jeder Einzelheit dieses wundervollen Kleidungsstücks. Es war ein königliches Gewand aus gebleichtem Rehleder, das ihre Mutter angefeuchtet, gestrafft und mit einem Elchgeweih glatt geschabt hatte. Die Ärmel und der Rock waren am Rand rot und gelb gestreift. Die Farben hatte Halewa selbst aus Wurzeln hergestellt. Quer über der Brust und den Armen waren leise klingelnde Ketten aus winzigen runden Schneckenhäusern befestigt. Sogar ein dazu passender Hut aus Rehleder lag daneben.

Vorsichtig streckte Pocahontas ihre Hand aus und berührte die Schneckenhäuser.

Doch ihre Mutter erinnerte sie: »Zuerst musst du baden und deine morgendlichen Pflichten erledigen.«

Blitzschnell rannte das Mädchen zum Wigwam hinaus.

Wie gewöhnlich lief sie zum Fluss hinunter, wo fast alle Kinder des Dorfes ihr tägliches Bad genossen. An manchen Tagen im Winter konnte es vorkommen, dass die Männer Löcher ins Eis schlagen mussten, damit die Kinder für ein paar kurze Augenblicke ins Wasser hüpfen konnten. Doch an einem wunderschönen Sommermorgen wie heute war ein Bad im Fluss das reine Vergnügen.

Pocahontas sprang übermütig hinein. Unter Wasser hielt sie nach dem kleinen Otter Ausschau. Da kam er durch die verschwommene, blaugrüne Umgebung auf sie zu und ließ eine Spur von Luftblasen hinter sich zurück. Er flitzte in einem Kreis um sie herum, bevor beide an die Oberfläche schwammen, um Atem zu holen.

»Guten Morgen, kleiner Otter!«, begrüßte Pocahontas ihn. »Ich wünsche dir einen wunderschönen Festtag!« Die anderen Kinder stimmten mit ein: »Wir auch, wir auch!« Sie alle mochten das putzige Tier gern, doch nur Pocahontas durfte ihn streicheln und seine samtige Haut berühren.

Normalerweise schwammen die Kinder an einem solchen Morgen um die Wette oder trugen andere Wettkämpfe aus. Aber an diesem Tag zogen sie rasch wieder ihre einfachen Lederschurze über. Auch Pocahontas eilte davon, um ihre Pflichten hinter sich zu bringen.

Zuerst musste sie die Fischfallen ihrer Brüder überprüfen. Die Fallen hingen in einem kühlen grünen Teich, ein Stück weiter den Fluss hinauf. Sie waren aus Weidenzweigen geflochten und ihre Türen aus angespitzten Zweigen schlossen sich, sobald ein Fisch hineingeschwommen war.

Diese Korbfallen versetzten Pocahontas immer wieder in Erstaunen. Als sie noch jünger gewesen war, hatte sie oft fasziniert zugesehen, wie Nantoda, die alte Korbflechterin im Dorf, den ganzen Winter daran arbeitete, neue Körbe herzustellen.

»Ich kann mir eine eigene Falle flechten«, hatte die kleine Pocahontas eines Tages voller Überzeugung zu Nantoda gesagt.

»Tatsächlich?«, hatte die alte Frau geantwortet. Sie hatte dem Mädchen erklärt, dass ihre Vorfahren viele Jahre gebraucht hatten, bis sie herausfanden, auf welche Weise man die meisten Fische fing. Doch Pocahontas war ganz zuversichtlich, dass sie es schneller schaffen könne. Tagelang wickelte sie Zweige umeinander und verknüpfte sie mit Wurzeln – und zuletzt ergab das Ganze ein einziges Wirrwarr. Nantoda lachte so herzhaft wie schon lange nicht mehr!

Danach hatte die Prinzessin eine andere Idee. Sie lieh sich einen der Körbe, die ihre Mutter für das Getreide benutzte, und befestigte am Rand einige scharfe Holzstücke. Dieses Gefäß hängte sie neben die Fallen ihrer Brüder in den Fluss. Tag für Tag lag sie dann unbeweglich wie ein Baumstamm am Ufer und schaute in das klare Wasser. Ein Fisch nach dem anderen schwamm in ihren Korb und anschließend wieder heraus. Kaum war er in den Fallen der Brüder, war er gefangen. Zuletzt musste Pocahontas ihre Niederlage eingestehen. Sie hatte gelernt, dass viele Dinge nicht durch Abkürzungen zu erreichen sind und dass die alten Bräuche oft die besten Lösungen waren.

Natürlich war sie damals noch sehr klein gewesen. Heute hatte sie ein Kleid aus Rehleder wie die Erwachsenen.

Und an diesem großen Festtag, der den Beginn der Beerenlese kennzeichnete, lächelte der Schöpfergott ihr freundlich zu: Zwei Korbfallen enthielten prächtige, glänzende Forellen! Pocahontas holte die Fallen heraus und trug ihren Schatz an einem Stock nach Hause zu ihrer Mutter und zu dem Feuer, auf dem das Frühstück zubereitet wurde.

Auf dem Weg machte sie sich Gedanken über den merkwürdigen Stamm der bleichen Männer, die irgendwo dort unten am Fluss wohnten. Es war nun vier Monde her, dass Pocahontas sich im Kanu versteckt hatte. In ihrem Dorf waren keine weißen Männer erschienen, seit die Brüder von ihrer Ankunft berichtet hatten. Doch die Späher, die Powhatan ausgeschickt hatte, wussten viel zu erzählen. Sie berichteten, dass die riesigen Segelschiffe verschwunden waren und die zurückgebliebenen Fremden sich hinter einer hohen Mauer Hütten bauten. Die bleichen Männer versuchten zwar zu jagen und zu fischen, aber sie schienen es nicht richtig anzufangen.

Und ganz gleich was diese Fremden auch probieren würden, niemals würden sie so erfolgreich Fische fangen können wie ihre Brüder, dachte Pocahontas.

Im Wigwam schlüpfte sie in ihr neues Kleid. Wieder und wieder flüsterte sie ihrer Mutter ein Dankeschön zu: »La-tee-nah! La-tee-nah!«

»Es ist ein wenig zu groß geraten«, meinte Halewa entschuldigend, »aber du wirst so schnell wachsen wie eine Maispflanze nach dem Regen.«

Pocahontas sah zu, wie ihre Schwester sich ebenfalls für das Fest ankleidete. Als Kahnessa einen Korb zum Beerenpflücken in die Hand nahm und durch die Tür ging, lächelte sie und flüsterte dem Mädchen zu: »Endlich können Remcoe und ich einen ganzen Tag miteinander verbringen!« Pocahontas fand, dass Remcoe ein freundlicher und tapferer Krieger war, und sie war froh, dass er Kahnessa heiraten wollte.

Schließlich standen alle Mädchen des Dorfes in ihren schönsten Kleidern vor den Wigwams und hielten Körbe für die Beeren in der Hand. Es war Sitte, dass an diesem Tag die jungen Männer an dem Wigwam des Mädchens vorbeigingen, das sie am meisten bewunderten. Falls das Mädchen Gefallen an dem Krieger hatte, würde sie ihm erlauben, ihren

Korb zu tragen, und er würde sie zum Beerenpflücken begleiten.

Remcoe kam direkt auf Kahnessa zu und öffnete seinen Mund, um etwas zu sagen. Aber er brachte kein Wort heraus. Er schluckte nur und sah Kahnessa flehend an. Sie beantwortete seine wortlose Frage mit einem Lächeln und sie gingen zusammen davon.

»Warum bringt Remcoe es nicht fertig mit Kahnessa zu sprechen?«, fragte Pocahontas ihre Mutter. »Sonst hat er doch auch immer irgendetwas zu erzählen.«

Die Mutter lachte. »Oh, manchmal sind die tapferen Krieger schüchtern, wenn es um das Mädchen ihres Herzens geht. Eines Tages wird er die richtigen Worte finden.«

Halewa trug ihren namenlosen kleinen Jungen auf dem Arm, als sie mit Pocahontas auf den Mittelpunkt des Dorfes zusteuerte, wo alle sich um den Häuptling versammelten. Die Schneckenhäuser am Kleid der Prinzessin schlugen im Rhythmus ihrer Schritte leise klingend gegeneinander. »Wo du hingehst, hört man Musik«, sagte Powhatan, als er sie sah. »Das ist das Lied der Pocahontas!«

Remcoe brachte Geschenke für die Familie, zu der er gerne gehören wollte. Für Häuptling Powhatan brachte er Angelhaken aus den Knochen und Krallen eines Adlers, und Halewa bekam die kostbaren roten Federn eines Kardinalsvogels. Selbst Pocahontas erhielt ein neues Halsband mit rötlichen Muscheln.

Nun lagen viele Tage vor ihnen, an denen alle Frauen und Kinder Beeren pflücken würden. Doch an diesem ersten Tag, am Tag des großen Festes, zog der ganze Stamm gemeinsam aus. Ganz vorn gingen Pocahontas' Vater und seine Familie. Kaum jemand im Stamm hatte so viele Frauen wie Häuptling Powhatan, und so bildete seine Familie schon eine beachtliche Gruppe.

Als die langsam vorwärts schreitende Prozession schließlich die Festwiese erreichte, wurde ein Zeichen gegeben. Sofort rannten alle Kinder auf den Beerenpfad zu, um die besten Zweige zu erwischen. Pocahontas war klein für ihr Alter, aber sie rannte wie der Wind, schneller als mancher Junge. Es gab ein gutmütiges Handgemenge, als sie einen Busch voller reifer Beeren für sich beanspruchte und sofort ihren Korb zu füllen begann. Kurz darauf gesellten sich Remcoe und Kahnessa zu ihr. Auch ihre Freundinnen Nanoon und Kewelah waren ganz in der Nähe. Sie lachten und scherzten, während sie die reifen Früchte pflückten.

Pocahontas hätte gerne eine Beere in den Mund gesteckt, doch sie und alle anderen Kinder kannten die Regel: Keine einzige Beere durfte verzehrt werden, bevor der Stamm an diesem Abend ins Dorf zurückgekehrt und dem Schöpfergott durch einen Erntetanz gedankt hatte.

Plötzlich wurde die Prinzessin trotz dieses wunderschönen Tages sehr traurig, denn sie erinnerte sich an den großen Festtag im letzten Jahr. Damals hatte Lominas mit ihr Beeren gesammelt - ihr Vetter Lominas, der ständige Begleiter und Freund ihrer Kindheit. Lominas, der jetzt nicht mehr da war.

Er hatte direkt neben ihr gestanden und sie durch seine Grimassen und Scherze zum Lachen gebracht. Gut gelaunt hatte er das Beerenpflücklied vor sich hin gesummt. Pocahontas erinnerte sich nur zu gut an Lominas' Lebhaftigkeit. Die Trauer um ihren Vetter war stärker als die Furcht vor dem Tabu, das der Medizinmann ausgesprochen hatte.

»Oh, Kahnessa«, flüsterte sie ganz leise, damit niemand sonst es hören konnte. »Ich vermisse Lominas.«

»Sei still, Pocahontas!«, warnte Kahnessa. »Du weißt, dass man seinen Namen nicht aussprechen darf. Sei still!«

Pocahontas presste ihre Lippen zusammen, während ihre Schwester fortfuhr: »Eines Tages wirst du selbst eine Medizinfrau sein. Das ist bereits beschlossen. Also musst du lernen die Tabus zu respektieren, ebenso wie die Dunkle Zeremonie.«

Wieder spürte Pocahontas, wie sich ihr Magen vor Furcht zusammenzog.

»Außerdem«, fügte Kahnessa hinzu, »was geschehen ist, ist geschehen.«

Pocahontas machte sich wieder daran Beeren zu pflücken, bis ihre Finger vom Saft der Früchte ganz blau waren. Sie sprach nicht mehr von Lominas, aber die Erinnerung an ihn blieb. Sie hatte ihn so gut gekannt. Wie sollte sie ihn jemals vergessen?

Als alle Körbe gefüllt waren, wurden die Pflücker dafür belohnt, dass sie nicht von den Beeren genascht hatten. Ein wunderbares Mahl war für dieses große Fest mitgebracht worden: frisch geräucherter Lachs, Maiskuchen, die mit Honig gesüßt waren, gebackenes Geflügel, Süßkartoffeln und gerösteter Mais.

Nach dem Essen fanden die Wettkämpfe statt, bei denen alle außer den ganz Alten und ganz Jungen teilnahmen. Eine zahnlose Großmutter beaufsichtigte den kleinen Jungen, der keinen Namen hatte, so dass Pocahontas und Halewa unbeschwert mitmachen konnten. Bei einem Spiel, das Doppelball genannt wurde, waren sie in derselben Mannschaft. Jede Person hatte einen Holzstock, mit dem man den Doppelball – zwei runde Steine, die mit einem Lederriemen zusammengebunden waren – entweder weitertragen oder fortschleudern konnte. Das Spiel bewegte sich zwischen zwei Toren an den Enden des Spielfeldes hin und her. Voller Stolz stellte Pocahontas fest, dass Halewa immer noch so flink und wendig war wie ihre Töchter.

Nur die Frauen und Kinder spielten Doppelball, während die Männer ihre Kräfte für das wilde Lacrosse-Spiel aufsparten. Als sie schließlich das Spielfeld betreten hatten, ertönten laute Schreie und spöttische Ausrufe, und ab und zu hörte man ein Stöhnen. Pocahontas sah, wie Tatacoope sich gleich zu Beginn des Spiels eine Beule am Kopf zuzog, die so groß wie ein Gänseei war.

Im Verlauf des Nachmittags wurde es heißer und schwüler, und Pocahontas war es sehr warm in ihrem Lederkleid. Sie nickte Nanoon und Kewelah zu, und bald stahlen sich die drei von der überfüllten Festwiese fort und liefen durch den kühlen Wald, bis sie einen Ort erreichten, wo Pocahontas schließlich ihr königliches Gewand auszog. Sie behielt nur ihren Lederschurz an, den sie darunter trug. Sorgfältig hängte sie das Rehlederkleid und ihren Hut an einen Ast. »Ich werde noch früh genug erwachsen sein«, sagte sie zu Nanoon. »Für heute habe ich mich lange genug wie eine Prinzessin gekleidet.«

Anschließend zogen die Freundinnen los, in der Hoffnung irgendein Abenteuer zu erleben. Wie Rehkitze rannten sie in großen Sprüngen durch den Wald, hüpften Abhänge hinunter und liefen unter Gelächter durch Bäche. Dabei erschreckten sie die vielen kleinen Tiere, die nur die ungestörte Ruhe des Waldes kannten.

Nach einer Weile begannen die Mädchen »Versteck dich vor dem Jäger« zu spielen. Pocahontas war das Reh. Während die »Jäger« sich die Augen zuhielten, schlich sie leise fort. Immer tiefer wagte sie sich in den Wald, wobei sie nur auf den Zehenspitzen ging, wie Parahunt es sie gelehrt hatte.

Auf der Kuppe eines grasbewachsenen Hügels verließ sie den Schutz der Bäume und setzte sich ins Gras. Angestrengt lauschte sie. Von ihren Freundinnen war nichts zu hören. Sie hatten ihr nicht folgen können! Sie würde das Spiel gewinnen!

Pocahontas schaute sich eine Zeit lang schweigend um. Schließlich konnte sie der Herausforderung dieses einladenden Abhangs nicht länger widerstehen. Sie warf sich auf den Boden und rollte der Länge nach die ganze Strecke bis zum Fuße des Hügels hinunter. Dann sprang sie auf und schlug viermal hintereinander ein Rad. Hier hatte sie so viel Platz zum Herumtoben!

Nach ein paar Minuten hielt sie atemlos inne. Doch sie war so glücklich, dass sie nicht stillstehen konnte. Es war die Zeit des Beerenpflückens, sie war den Jägern entkommen und sie war Prinzessin Pocahontas! Voller Begeisterung schlug sie noch ein paar Mal ein Rad.

Da knackte plötzlich ein Zweig, und Pocahontas blickte wachsam auf.

Was sie sah, war so entsetzlich, dass durch ihren Körper ein Schauer lief.

Auf der Spitze des Hügels stand nicht etwa ein wildes Tier oder ein feindlicher Irokese, sondern ein großer und sehr bleicher Mensch. Sein gelbes Haar wehte im Wind. Das Gesicht war mit Haaren bedeckt wie bei einem Fell. Er trug mehr Kleidungsstücke, als Pocahontas' Brüder in einem kalten Winter anziehen würden. Und seine Augen hatten dieselbe Farbe wie der Himmel!

Der Mensch starrte Pocahontas an. Die Prinzessin war vor Furcht wie erstarrt, sie konnte sich nicht bewegen und wagte nicht einmal zu atmen. Das musste einer der weißen Soldaten sein! Würde er sie jagen? Oder sogar töten? Wer konnte wissen, was ein Fremder wie er im Sinn hatte?

Auf einmal verzog der Mann das Gesicht zu einem freundlichen Grinsen. Seine blauen Augen zwinkerten und er lachte laut heraus.

Weshalb lachte er bloß? Es erinnerte Pocahontas daran, wie ihr Vater und ihre Brüder sich benahmen, wenn sie ihr beim Radschlagen zusahen.

Und dann tat der Fremde etwas völlig Unerwartetes. Er

ließ sich der Länge nach ins Gras fallen und rollte wie ein Kind den Abhang hinunter, genauso wie sie es getan hatte. Er musste sie beobachet haben!

Nur wenige Schritte von Pocahontas entfernt stand er auf, strich mit der Hand über seine Kleider und grinste das Mädchen erneut an.

Zögernd und scheu lächelte sie zurück.

Plötzlich merkte sie, dass ihre Knie zitterten. Sie bemühte sich einen klaren Gedanken zu fassen. Vor allem musste sie schnell von hier fort. Pocahontas zwang sich, kehrt zu machen und zum Wald zurückzurennen.

Am Waldrand wandte sie sich um. Der bärtige Mann lächelte immer noch. Pocahontas hob ihre Hand zu einem Zeichen, das in der einfachen Zeichensprache bedeutete: »Ich bin ein Freund«. Würde der bleiche Fremde es verstehen?

Pocahontas lief durch den Wald - zurück zu ihren Freundinnen und ihrem Kleid, zurück in die Geborgenheit ihres Volkes.

Während sie rannte, beschloss sie, nichts von dem zu erzählen, was sie erlebt hatte. Ihr Vater würde womöglich noch verzorniger auf sie sein als damals, als sie sich in dem Kanu versteckt hatte. Nein, sie würde niemandem etwas erzählen. Es war ihr Geheimnis. Der Fremde hätte ihr schrecklich wehtun können. Doch stattdessen hatte er ihr sein Lachen geschenkt.

Wer war er, dieser Gelbhaarige? Er musste mutig sein, wenn er so allein, ohne die anderen Soldaten, durch den Wald wanderte.

Würde sie ihn noch einmal wiedersehen?

Am Winterfeuer

Rings um die Feuerstelle war der Schnee geschmolzen. Pocahontas warf noch eine Hand voll Zweige in die knisternden Flammen und zog sich dann ein Stück von der starken Hitze zurück.

Sie hielt einen Stock in der Hand und deutete damit ins Feuer. »Genau hier, Nanoon«, sagte sie zu ihrer Freundin. »Wirf sie hierher!«

Nanoon drehte sich zu den kalten, geschwärzten Steinen um, die hinter ihr zu einem Haufen aufgeschichtet waren. Sie nahm drei von ihnen und trat ans Feuer heran. Dann holte sie aus und zielte auf den Punkt, den Pocahontas ihr zeigte. Ein Stein nach dem anderen traf die Stelle und landete mit einem dumpfen Aufprall zwischen den glühenden Kohlen.

Pocahontas blickte hoch. Der aufsteigende Rauch hatte dieselbe Farbe wie die bewaldeten Berggipfel rings um sie. Erst gestern war ihr Stamm hier in den Blue Haze Mountains angekommen, um das Winterlager aufzuschlagen und auf die Jagd zu gehen. Auch die Algonkins aus den anderen Dörfern hatten sich angeschlossen. Nur die ganz Alten und ganz Jungen waren zurückgeblieben.

Morgen früh vor Sonnenaufgang würden mehr als hundert Krieger aus den verschiedenen Dörfern zusammen aufbrechen und dann jeden Tag gemeinsam jagen. Heute musste jeder bei den Vorbereitungen dafür helfen.

»Noch mehr Steine, Nanoon. Hierher!« Pocahontas zeigte wieder mit ihrem Stock auf einen bestimmten Punkt. Nanoon war zwei Sommer jünger als ihre Freundin, und Pocahontas brachte ihr bei, wie man sich um das Feuer für die Schwitzhaus-Steine kümmerte. Nur zwanzig Schritte von der Feuerstelle entfernt stand das mit Rinde bedeckte Schwitzhaus.

Nachdem sie lange genug in der Glut gelegen hatten, wurden die heißen Steine auf den Boden dieser großen Hütte gelegt und anschließend mit Wasser übergossen. Einige Krieger saßen in dem heißen Dampf, um später hinauszurennen und sich in eine Schneewehe oder den eiskalten Bach, der durch das Winterlager floss, zu werfen. Später würden die Männer in Wasser baden, in dem man Farngewächse eingeweicht hatte. Ihre Körper sollten für die Jagd den Geruch des Waldes annehmen.

Jetzt erschien Pocahontas das Feuer groß und heiß genug, und es waren schon viele Steine darin. Sie verließ die Feuerstelle und ging zum Schwitzhaus, während Nanoon aufbrach, um noch mehr Äste zu sammeln.

Aus dem Inneren der Hütte vernahm Pocahontas eine barsche Stimme, die sie nicht kannte. Sie musste einem Krieger aus einem der anderen Dörfer gehören. Als Pocahontas bemerkte, worüber gesprochen wurde, stockte ihr der Atem. Rasch trat sie näher.

»Die bleichen Männer hatten einen schweren Sommer. Und der Winter wird für sie noch schlimmer werden. Sie sind krank und hungrig und wollen mit uns um Mais handeln.«

Dann hörte Pocahontas Tatacoopes Stimme: »Vielleicht ist die Zeit gekommen, sie nochmals anzugreifen, wenn die Jagd vorüber ist. Diesmal sollten viele von uns in den Krieg ziehen und nicht nur ihr Krieger aus Paspeg.«

»Nein«, antwortete die erste Stimme. »Sie haben immer noch diese Donnerstöcke und werden sie wieder verwenden. Damit haben sie einige unserer Krieger getötet. Außerdem besitzen sie noch größere Donnerstöcke, die ihr Dorf bewachen. Aber trotzdem sind die bleichen Männer schon so schwach wie kleine Kinder. Es war sehr töricht von ihnen, ihr Dorf im Flachland zu errichten. Das Sumpffieber und die Meeresstürme werden sie auslöschen. Wir brauchen uns nicht darum zu kümmern. Wir können einfach abwarten.«

Die Männer schwiegen. Pocahontas überlief ein Frösteln. Sie stampfte mit ihren Füßen auf den Boden, um sich durch die Bewegung zu wärmen. Dann kehrte sie zum Feuer zurück. Beunruhigt fragte sie sich, ob der gelbhaarige Mann wohl immer noch am Leben war. Es war schon viele Monde her, seit sie ihm zugesehen hatte, wie er den Hügel hinuntergerollt war.

Als an diesem Abend die Dunkelheit hereinbrach, saßen Pocahontas und Nanoon in der Nähe eines anderen Feuers, das in der Mitte des Langhauses brannte. Die beiden Mädchen hatten sich zusammen in ein großes Bärenfell gehüllt. Der Raum war voller Menschen und die Luft dunstig vom Rauch des Feuers und den vielen glühenden Tabakpfeifen.

Auf der anderen Seite des Feuers hatten zwei Trommler begonnen, ihre Instrumente in einem stetigen Rhythmus zu schlagen. Dahinter thronte Häuptling Powhatan auf einem Berg aus Pelzen, umgeben von fast allen seinen Frauen. Nur Halewa war nicht dabei. Pocahontas entdeckte sie stattdessen in der Nähe der Tür auf der anderen Seite des Langhauses. In dem gedämpften Licht konnte das Mädchen den Gesichtsausdruck ihrer Mutter nicht erkennen.

In diesem Augenblick trat der Quiyow durch die Tür. Die zusammengedrängten Menschen machten einen Weg für ihn frei, der direkt vor dem Häuptling endete. Der Medizinmann nahm neben König Powhatan Platz und starrte mit leerem Blick vor sich, als wäre er in Trance. Pocahontas überlegte, ob er wohl an diesem Abend irgendeinen dunklen Zauber vollbringen würde. Rasch wandte sie ihre Augen von ihm ab und schaute auf den alten Macomba, der sich soeben vors Feuer gesetzt hatte und mit einer Geschichte beginnen wollte. Macomba war der beliebteste Geschichtenerzähler des ganzen Stammes.

Die Trommeln dröhnten weiter, während Macombas Stimme sich zu einem Singsang erhob. Ein paar Leute fingen an den Rhythmus mitzuklopfen.

Zuerst pries Macomba den mächtigen Häuptling Powhatan und erzählte von den Schlachten, in denen der König seine Krieger zum Sieg geführt hatte, und davon, wie der große Häuptling die Algonkin-Indianer vereinigt hatte. Jeder Stamm und jedes Dorf, die Powhatan besiegt hatte, wurden in dem Lied aufgezählt. Pocahontas kannte die Geschichte gut, aber sie konnte sie gar nicht oft genug hören. Aufmerksam lehnte sie sich nach vorn, damit ihr kein einziges Wort entging. Als das Eroberungslied zu Ende war, erhoben sich laute Begeisterungsrufe, und Häuptling Powhatan blickte stolz in die Runde.

Macombas nächste Geschichte handelte von der Erde. Er erzählte von den Tagen, als die Berge Feuer und Rauch spien, und beschrieb, wie die Menschen Kreaturen jagten, die weitaus größer und gefährlicher waren als jedes heutige Tier. Macomba sang von dem fernen Land, in dem das Volk der Algonkin-Indianer einst umhergewandert war. Er erzählte von der großen Flut, die Menschen und Tiere getötet und überall ihre Spuren hinterlassen hatte.

Pocahontas zog das Bärenfell enger um ihre Schultern. Sie fühlte sich, als ob sie selbst ein Teil dieser früheren Welt wäre. Heute Nacht wollte sie in ihren Träumen dorthin reisen.

Dann erzählte Macomba eine sehr beliebte Geschichte, die Pocahontas und Nanoon jedes Mal zum Kichern brachte. Sie handelte von einem dummen Eichhörnchen, das hart arbeitete, um sich einen Wintervorrat anzulegen, und dann vergaß, wo es die Nüsse versteckt hatte. Es war eine Geschichte, die man endlos weitererzählen konnte, und Pocahontas hoffte, sie würde niemals aufhören. Doch bald wurde der Singsang immer leiser. Der Quiyow war direkt vor das Feuer getreten und Macomba rückte zur Seite.

Pocahontas fand, dass der Medizinmann älter aussah als alle anderen Alten ihres Stammes. Sein faltiges Gesicht erinnerte sie allerdings nicht an die frühere Welt wie das von Macomba, sondern es erschien ihr düster und schrecklich.

Das Licht des Feuers war jetzt schwächer. Die Trommeln dröhnten in einem langsameren Rhythmus.

Der Quiyow schloss die Augen. Er legte den Kopf in den Nacken und öffnete den Mund. Dann entfuhr ihm ein so schriller, klagender Ton, dass Pocahontas' Ohren schmerzten.

Ganz anders als Macomba, der beim Singen ganz still dagesessen hatte, schwankte der Quiyow von einer Seite zur anderen. Über seinem Kopf schüttelte er eine hohle Keule, die mit klappernden Kieselsteinen gefüllt war.

Der Medizinmann erinnerte alle daran, dass der Schöpfergott Ahone die Welt geschaffen habe und dass Ahone gütig sei. Aber jetzt herrsche der Kriegsgott Okewas über die Welt und er sei grausam und launisch. Die Menschen müssten versuchen ihn positiv zu stimmen, sang der Quiyow. Der Kriegsgott sei sehr mächtig und jeder müsse ihm gehorchen. Sie alle müssten Okewas ihre Verehrung zeigen und ihm in die Schlacht folgen. Jedes Opfer, das er verlangte, müsse ihm gebracht werden.

Unter dem Bärenfell spürte Pocahontas, wie Nanoon zitterte. Auch sie selbst konnte ein Schaudern nicht unterdrücken. Sie blickte auf die andere Seite des Raums hinüber und sah eben noch, wie Halewa sich zur Tür hinausschlich.

Nachdem der Quiyow seinen Gesang beendet hatte, schlüpfte Pocahontas unter dem Bärenfell hervor und bahnte sich einen Weg durch den überfüllten Raum. Als sie durch die

Tür trat, hörte sie, wie Macomba anfing, das Lied der Erinnerung zu singen. Dieses Lied ehrte das Andenken der Krieger, die im Kampf gegen die Irokesen und die mächtigen Huronen gefallen waren.

Draußen sah Pocahontas ihre Mutter auf dem schneebedeckten Abhang oberhalb des Langhauses stehen. Sie ging auf sie zu. Halewa blickte zu den Sternen hinauf und Pocahontas konnte Tränen in ihren Augen erkennen. Pocahontas legte ihren Arm um die Taille der Mutter. Sie wusste, dass Halewa an ihre Söhne dachte, die in den Kämpfen getötet worden waren. Stumm lauschten beide dem Lied der Erinnerung, das vom Langhaus zu ihnen heraufklang.

Schließlich brach Halewa das Schweigen. »Unser Kriegsgott ist kein Gott, der auf die Herzen der Frauen achtet«, flüsterte sie. »Ihn zu verehren ist grausam und schmerzhaft.«

Sofort musste Pocahontas an Lominas denken und an die Opfer, die Okewas in der Dunklen Zeremonie forderte. Sicher hatte Halewa die gleichen Gedanken – doch sie würde es niemals wagen davon zu sprechen.

Pocahontas schlang beide Arme um ihre Mutter. Eine lange Zeit sahen sie gemeinsam zu den Sternen auf. Dann gingen sie Hand in Hand durch den knirschenden Schnee zu ihrer Schlafhütte. »Träum heute Nacht nicht vom Dunklen Zauber«, bat Halewa. »Träum lieber von Macombas Geschichten.«

»Ja, Mutter, das werde ich«, versprach das Mädchen.

Der Gefangene

Nach der Rückkehr ihres Stammes aus dem Winterlager holte Pocahontas früh am nächsten Morgen mehrere prächtige Forellen aus dem Fluss. Als sie wieder ins Dorf zurückging, sah sie mitten auf dem Pfad eine weiße Feder liegen. Sofort blieb sie stehen und hob sie auf. Das konnte doch kein Zufall sein! »Weiße Feder« war ihr eigener geheimer Name, der Name ihres Geistes. Pocahontas dankte dem Schöpfergott für die Feder und dachte darüber nach, welchen Sinn dieses Zeichen haben mochte.

Als sie sich dem Dorf näherte, sah sie, dass sich um den Pfahl in der Mitte des Dorfes, der bei religiösen Zeremonien eine Rolle spielte, ein Kreis von Kindern gebildet hatte. Einige hüpften aufgeregt umher. Voller Neugier näherte sich die Prinzessin der Gruppe.

Was sie erblickte, verhieß nichts Gutes. In der Mitte der Menschenansammlung saß der Quiyow und war gerade dabei, eine lebendige Ringelnatter durch das riesige Loch in seinem linken Ohrläppchen zu zwängen. Danach stach er vor und hinter seinem Ohr einen kleinen, spitzen Adlerknochen durch den Körper der Schlange, um das sich windende Tier zu befestigen.

Dann griff er in einen Beutel, der neben ihm auf dem Boden lag, und zog eine zweite Schlange heraus. Diese fädelte er durch sein rechtes Ohr.

Pocahontas wusste, dass diese Schlangen-Ohrringe nur eins bedeuten konnten: Der Medizinmann rief seinen mächtigsten Zauber herbei. Ohne Zweifel bereitete er sich darauf vor irgendjemanden herauszufordern.

Sie zwang sich, den Blick nicht von dem grausigen Anblick des Quiyow abzuwenden. Sie selbst würde schließlich eines

Tages eine Medizinfrau sein. Deshalb betete Pocahontas im Stillen, dass der Schöpfergott ihr mehr Sinn für diese Dinge geben möge.

Auf der anderen Seite der Menschengruppe sah sie ihren Bruder Tatacoope vorbeigehen. Rasch lief sie zu ihm hinüber. »Was geht hier denn eigentlich vor?«, fragte sie.

Tatacoope blieb stehen und streckte sein Kinn und seine Unterlippe vor, was bei ihm stets ein Zeichen dafür war, dass er wichtige Neuigkeiten hatte und sehr stolz darauf war. »Sie werden ihn hierher bringen«, erklärte er. »Heute Abend!«

»*Wen* bringen sie hierher?«

»Wen? Natürlich den weißen Soldaten, der gefangen genommen wurde.«

Pocahontas wusste, dass ihr Gesichtsausdruck verriet, wie gern sie mehr darüber erfahren würde. Und sie wusste auch, wie viel Vergnügen es ihrem Bruder bereitete, sie im Ungewissen zu lassen. Bevor Tatacoope sich zum Gehen wandte, zog er seine Augenbrauen nach oben und fügte hinzu: »Der Gefangene trägt einen schwebenden Pfeil um seinen Hals. Das ist ein mächtiger Zauber!« Und das war alles, was sie von ihm erfahren würde, denn jetzt ging er auf das Langhaus zu, in dem der große Kriegsrat abgehalten wurde.

Für den Rest des Tages ging Tatacoope seiner Schwester aus dem Weg. Sogar Parahunt beantwortete ihre Fragen nur mit einem Achselzucken. Aber bis zum Sonnenuntergang hatte sie von den Frauen einige Gerüchte aufschnappen können: Der Gefangene war ein weißer Häuptling. Er war mit sechs anderen bleichen Fremden in das Gebiet der Pamunkey-Indianer gewandert und die Pamunkeys hatten seine sechs Gefährten vertrieben oder getötet. Der weiße Häuptling besaß einen Donnerstock und hatte drei Krieger getötet, bevor man ihn gefangen nehmen konnte. Die Pamunkeys hatten ihn zu Opech gebracht, dem Häuptling der Paspeg-

Indianer. Er war der Bruder von Häuptling Powhatan. Und nun würde er seinen Gefangenen selbst hierher bringen.

Als es dunkler wurde, kündeten die dröhnenden Trommeln eine Versammlung im großen Langhaus an. Alle wichtigen Personen des Stammes wurden zusammengerufen. Pocahontas zog rasch ihr königliches weißes Lederkleid über. Dann legte sie einen Umhang aus weißen Federn um ihre Schultern, der bis zu ihren Mokassins reichte. Sie war noch sehr jung für eine solche Zusammenkunft, doch als Häuptling Powhatans Lieblingstochter durfte sie das Langhaus betreten, ohne dass der grimmig blickende Krieger am Eingang sie daran hinderte.

Pocahontas ging in dem von Rauch erfüllten Raum bis nach vorn. Die flüsternde Menge beachtete sie jedoch kaum. Die Krieger hatten Bemalung angelegt und sich in Reihen aufgestellt. Es waren sicher mehr als zweihundert. Und dann stand dort eine Reihe würdevoller Frauen, die genau wie sie selbst lange Federumhänge trugen. Pocahontas stellte sich zwischen ihre Mutter und Opposso, die Schwester ihres Vaters. Opposso regierte über ein ganzes Dorf namens Appamatucks.

Häuptling Powhatan hatte in der Nähe der Feuerstelle Platz genommen. Sein Thron war eine Plattform aus Baumstämmen, mit Waschbären- und Fuchsfellen bedeckt, wobei die Schwänze der Tiere nach unten hingen. Der Häuptling selbst trug eine Krone aus Adlerfedern. Alle anderen blieben stehen, auch seine Lieblingsfrauen neben ihm, mit ihren prächtigsten Ketten und Perlen geschmückt. Nicht weit entfernt standen auch Parahunt und Tatacoope.

Jetzt verstummten die Trommeln. Alle beobachteten schweigend, wie Opech, der Häuptling der Paspeg-Indianer, den Raum betrat. Hinter ihm ging der gefangene weiße Mann, der von mehreren Kriegern bewacht wurde.

Pocahontas atmete tief ein, als sie das Gesicht des Gefangenen erblickte. Sofort erkannte sie seinen Bart und sein gelbes Haar. Und sogar hier, in der Dunkelheit der Nacht, hatten seine Augen die Farbe des Himmels.

Der Mann wurde vor den Thron geführt. Selbst in dieser Situation meinte die Prinzessin Gelassenheit und Mut in seinem Gesicht zu sehen, als er zu ihrem Vater aufsah.

Häuptling Powhatan nickte, und alle Menschen im Raum setzten sich. Dann trat Opposso vor und reichte dem Gelbhaarigen eine Schüssel Wasser zum Waschen und einige Federn zum Abtrocknen. Zuerst würde es nämlich ein Festmahl aus Rehfleisch, Fasan und Truthahn geben. Jeder Fremde musste zu essen bekommen, ob er nun Freund oder Feind war.

Pocahontas bemerkte, dass der Gelbhaarige zu erschöpft schien, um auch nur einen Bissen zu sich zu nehmen. Auch sie selbst vermochte kaum etwas zu essen. Sie konnte ihre Augen nicht von dem Gesicht des weißen Häuptlings abwenden. An einer Schnur um seinen Hals hing irgendetwas Rundes aus Metall.

Als das Essen vorbei war, wurde der Gefangene hochgezogen, sodass er aufrecht stand. Nun begannen die Trommeln zu dröhnen. Aus den Schatten auf der anderen Seite des Langhauses vernahm Pocahontas den klagenden Singsang des Quiyow. Er kam immer näher, bis er schließlich um den Fremden herumtanzte. Er trug eine beeindruckende Kopfbedeckung aus Klapperschlangen und ausgestopften Wieseln. Die Schwänze der Wiesel waren zusammengebunden und bildeten ein großes Büschel über dem Kopf des Medizinmanns. Um seine Ohren wanden sich die immer noch lebendigen Ringelnattern, und er schwenkte seine rasselnde Keule wild hin und her.

Während der Quiyow tanzte, warf er einige Handvoll gemahlenes Maismehl und Tabakpulver ins Feuer.

Dann endete seine schrille Klage und die Trommeln dröhnten in einem lauten Schlusswirbel. Der Medizinmann ging an die Seite von Powhatans Thron und blieb dort stehen.

Jetzt trat Häuptling Opech nach vorne. Pocahontas konnte sehen, wie er auf den Quiyow blickte, bevor er sich an König Powhatan wandte: »Dieser weiße Mann wurde gefangen genommen, als er ins Gebiet der Pamunkey-Indianer eindrang«, erklärte Opech. »Er jagte dort ohne Erlaubnis. Mit seinem Donnerstock hat er drei unserer Brüder getötet.

Es ist wahr, dass er den magischen Pfeil bei sich trägt, der im Kreis schwebt. Aber der Zauber ist nicht sehr mächtig. Ich habe diesen Mann beobachtet. Er wird müde wie wir alle. Er bekommt Hunger und blutet, wenn er verletzt wird. Deshalb schlage ich vor, dass wir den weißen Häuptling töten, als warnendes Zeichen für alle anderen weißen Männer, die hierher gekommen sind.«

Im ganzen Raum brachen die Krieger in zustimmende Rufe aus. Doch schließlich verstummten alle, als der weiße Häuptling seine Hand hob. Er wollte sprechen. Pocahontas hielt das für zwecklos, denn sie hatte heute erfahren, dass die bleichen Fremden in einer merkwürdigen Sprache redeten, die niemand verstehen konnte.

»Häuptling Powhatan, mein Name ist John Smith.« Überrascht horchte Pocahontas auf. Der Fremde redete in der Sprache der Algonkin-Indianer!

»Ich weiß, dass du ein mächtiger Häuptling bist«, erklärte der Gelbhaarige. Er sprach zögernd und unbeholfen, aber die Prinzessin konnte jedes Wort verstehen. »Ich bin in viele ferne Länder gereist und habe viele Stämme besucht. Doch ich habe niemals einen Stamm gesehen, der so groß und so weise ist wie das Volk von König Powhatan. Aus diesem Grund habe ich eure Sprache gelernt.

Als ich auf die Jagd zog, konnte ich nicht wissen, wem das

Land gehört, auf das ich meinen Fuß setzte. Ich wollte Rehe jagen. Unser Volk hungert. Wir können nicht so gut Fische fangen wie die Algonkin-Indianer.«

Diese Bemerkung rief bei den Zuhörern ein Schmunzeln hervor und viele nickten zustimmend.

»Es ist wahr«, fuhr er fort, »dass ich drei Pamunkey-Kriegern mit meinem Donnerstock das Leben genommen habe. Aber ich tat es erst, nachdem sie meine Gefährten getötet hatten. Ich will keinen Krieg mit dem mächtigen Volk von König Powhatan. Ich möchte mit euch Handel treiben.«

Er legte seine Hände um die Metallscheibe an seinem Hals und hielt sie ans Licht. »In meinem Dorf habe ich viele wunderbare Dinge wie diesen schwebenden Pfeil, die ich dem Häuptling zum Tausch anbieten kann. Ich besitze Kupfer und Perlen. Mit diesen Dingen möchte ich handeln.«

Pocahontas blickte gespannt auf das Gesicht des weißen Häuptlings. Sie war nun fest davon überzeugt, dass dieser John-Smith kein böser Mensch war. Sicher würde ihr Vater das einsehen.

Doch der Quiyow schwenkte seine rasselnde Keule und gab ein Furcht erregendes Kreischen von sich. »Der weiße Häuptling muss sterben!«, schrie er. »Zu Ehren Okewas! Der Gott des Krieges will es so!«

Wieder ertönten beifällige Rufe der Krieger. Noch einmal sprang der Quiyow mit einem großen Satz vor den Thron und tanzte um den Gefangenen herum. Die Trommeln begannen wieder ihren eintönigen Rhythmus. Immer schneller drehte sich der Medizinmann im Kreis, bis er mit einem markerschütternden Schrei zum Stillstand kam.

Die Krieger der Algonkin-Indianer riefen wild durcheinander und reckten die Fäuste in die Luft. Alle im Raum hatten sich erhoben. Häuptling Opech rollte mit zwei Kriegern einen runden Granitstein aus einer Ecke des Raumes bis zum

Thron und ließ ihn dort zu Boden sinken. Dann umringten andere Krieger den weißen Häuptling und zerrten ihn zu dem Stein hinüber. Tatacoope führte sie an.

Pocahontas hatte dies schon früher erlebt. Bei dem Gedanken an das, was nun folgen würde, stöhnte sie auf. Sie wollte schreien oder weinen, aber in dieser erregten, aufgebrachten Menge würde niemand auf sie achten.

Tatacoope drückte die Schultern des Gefangenen nach unten, so dass sein Kopf auf dem Stein lag. Die anderen Krieger schwangen ihre Keulen.

Da konnte Pocahontas es nicht länger ertragen. Ohne nachzudenken stürzte sie nach vorne zu dem Stein. Sie nahm den Kopf des weißen Mannes in ihre Hände und beugte sich über ihn.

»Nein!«, schrie sie. Danach schloss sie ihre Augen ganz fest und hielt den Atem an.

Wie auf einen Befehl hin hörte der Lärm auf. Als es so seltsam still blieb, hob Pocahontas den Kopf. Sie sah Tatacoope und die anderen Krieger voller Erstaunen zurücktreten. Dann blickte sie auf ihre Mutter. Halewa hatte beide Hände über ihren Mund gelegt und in ihren Augen stand Furcht.

Das Mädchen blickte zum Thron. Würde sie nun gemeinsam mit dem Fremden sterben? Ihr Vater erhob die Hand und gab ein Zeichen. Nun kam Parahunt auf sie zu und beugte sich über den Stein. Er half sowohl Pocahontas als auch dem weißen Mann auf die Füße. Nur einen Augenblick lang sah sie dem Gelbhaarigen in die Augen und war sicher, dass er sie wiedererkannte. Dann führte Parahunt den Gefangenen zur Tür.

Pocahontas blickte wieder zum Thron hin, und dabei sah sie, wie der Quiyow sie feindselig anstarrte. Doch schließlich presste er die Lippen zusammen und wich ihrem Blick aus. Er stolzierte hinter Parahunt zur Tür hinaus.

Die Gedanken des Mädchens überschlugen sich. Was hatte sie getan? Was würde ihr Vater sagen?

Powhatan blickte sie an, doch ohne Zorn, und sie sah, dass er nachdachte. Schließlich sprach er in einem feierlichen Ton, den sie sonst nur beim Kriegsrat gehört hatte.

»Matoaka«, sagte er, »du hast dir das Recht einer Prinzessin genommen.« Erst jetzt erinnerte Pocahontas sich an einen besonderen Brauch ihres Volkes: Einmal im Leben konnte ein junges Mädchen die Freiheit für einen zum Tode Verurteilten fordern. Der Mann, dessen Leben sie rettete, würde ihr älterer Bruder werden. Bei diesem Gedanken fühlte Pocahontas sich auf einmal ganz merkwürdig.

Ihr Vater hatte die Stirn in nachdenkliche Falten gelegt. Seine Stimme klang nun ruhig und wieder ein wenig vertrauter. »Es ist für uns eine große Überraschung, dass du dieses Vorrecht für einen Fremden beanspruchst, den du noch niemals gesehen hast.« Er schüttelte erstaunt den Kopf.

Dann hob er sein Kinn und streckte seine Hand aus. Er beendete die Zusammenkunft, indem er laut verkündete: »Der Gefangene John-Smith wird leben!«

Ein Freund

Nachdem Pocahontas an diesem Abend in ihr Wigwam zurückgekehrt war, konnte sie lange nicht einschlafen. Sie saß auf ihrer Schlafmatte und starrte in die Dunkelheit, während sie angestrengt lauschte. Durch aufmerksames Zuhören könne sie Weisheit und Einsicht erlangen, hatte man sie gelehrt.

Im Dorf wurde es bald sehr still. In dieser Nacht fanden keine wilden Tänze statt. Wenn John-Smith als Opfer für den Kriegsgott getötet worden wäre, hätten die Krieger die ganze Nacht hindurch getanzt.

Pocahontas hatte es gewagt, ihren Geist gegen den Kriegsgott Okewas und den Medizinmann zu erheben. Ohne Zweifel kochte der Quiyow nun vor Wut. Häuptling Powhatan hatte nicht seinen Rat befolgt, sondern stattdessen der Bitte eines kleinen Mädchens nachgegeben. Wieder spürte Pocahontas Angst in sich aufsteigen. Seit heute Abend hatte sie einen Feind, das wusste sie - einen Feind, der Rache wollte.

Sie war sehr kühn gewesen, aber sie bereute es nicht.

Vermutlich würde sie noch mehr Dinge tun, die dem alten Quiyow missfielen. Schließlich war der blauäugige Mann jetzt ihr älterer Bruder und sie war für ihn verantwortlich. Da er nun zu ihrem Volk gehörte, würde er alle Sitten und Bräuche der Algonkins kennen lernen müssen.

Endlich, nach einer langen Zeit, wurde die junge Prinzessin ruhiger und schlief ein.

Am nächsten Morgen lief sie zum Fluss hinunter, um zusammen mit dem kleinen Otter ein Bad zu nehmen. Als sie wieder im Wigwam war, zog sie aus dem Bündel ihrer Habseligkeiten die weiße Feder heraus, die sie am vorigen Tag gefunden hatte. Ungeduldig suchte sie nach ihrem Bruder Parahunt und bat ihn, dieses Geschenk dem weißen Fremden zu bringen. Pocahontas hoffte, er würde es als ein Zeichen ihrer Hilfe und Freundschaft annehmen.

Schon kurz darauf kehrte Parahunt zurück und trat feierlich vor seine Schwester hin. »Prinzessin Pocahontas«, verkündete er, »diese Botschaft bringe ich dir von dem weißen Häuptling: ›Bitte die Prinzessin, zu mir zu kommen, und ich werde ihr blaue Perlen schenken.‹ Das hat der Mann John-Smith gesagt.« Dann entspannten sich Parahunts Gesichtszüge. Er zerzauste Pocahontas' Haar und lächelte. »Komm mit, kleine Schwester, ich werde dich zu ihm bringen.«

Während sie nebeneinander hergingen, sagte Parahunt zu ihr: »Weißt du, dass du allen Leuten im Dorf einen unerschöpflichen neuen Gesprächsstoff geliefert hast? Viele fragen mich: ›Weshalb wollte die Prinzessin einen Bärtigen retten? Und was soll das alles bedeuten? Ist es ein Zeichen dafür, dass gute Dinge folgen werden, oder steht uns Böses bevor?‹ Und ich kann auf alle diese Fragen nur antworten: Ich habe keine Ahnung!«

Pocahontas lächelte und schüttelte den Kopf. Sie wusste es auch nicht. Aber sie hatte an diesem Morgen dafür gebetet, dass ihr Geist gestärkt werden möge, sodass sie zu allem fähig sein würde, was sie tun musste.

Am Rande des Dorfes stand ein Wigwam, der für die Besucher des Stammes reserviert war. Parahunt ging darauf zu und trat durch die Tür. Seine kleine Schwester folgte ihm ohne zu zögern.

Der weiße Häuptling erhob sich und nahm beide Hände des Mädchens in seine eigene. Pocahontas war froh, dass er so ausgeruht und gesund aussah, ganz anders als in der Nacht zuvor.

»Nay-hat-nah«, sagte er langsam und ein wenig unbeholfen. »Ich bin dein Freund.« Er streckte seine Hand zum Zeichen der Freundschaft aus.

»Nay-hat-nah«, wiederholte die Prinzessin. »Ich bin deine Freundin, älterer Bruder.«

Sie bedeutete ihm mit einer Geste, ihr nach draußen zu folgen. Jetzt würde sie ihm ganz Comoco zeigen.

Während sie gingen, zeigte der Fremde immer wieder auf irgendwelche Dinge und Pocahontas nannte ihm das entsprechende Wort in der Sprache der Algonkins. Zunächst brachte sie ihn zu ihrer Mutter, damit er sie und Kahnessa und den kleinen Jungen ohne Namen kennen lernen konnte.

Als die beiden am großen Langhaus vorbeikamen, blieb der weiße Häuptling plötzlich stehen. Pocahontas sah, wie er auf die unzähligen Skalps starrte, die am Zaun um den Versammlungsort hingen. Nun war die Prinzessin dankbar für die Dunkelheit, die gestern Abend diese Trophäen vor ihm verborgen hatte. Sie schienen ihm jetzt noch Angst einzujagen. Pocahontas nahm ihn am Arm und zog ihn sanft in eine andere Richtung.

Der weiße Mann hatte viele Fragen. »Parahunt hat mir erzählt, dass du seine Schwester bist«, meinte er, während sie zum Fluss hinuntergingen. »Er sagte, dass Häuptling Powhatan dein Vater ist und dass er viele Kinder hat.

Pocahontas nickte. »Ja, siebenundachtzig.«

»Wo sind sie denn alle?«, wollte er wissen.

»Sie sind mit ihren Müttern in andere Dörfer geschickt worden. Manchmal mag mein Vater eine seiner Frauen nicht mehr und schickt sie fort. Aber seine Lieblingskinder behält er immer in seiner Nähe. Er möchte auch mich bei sich haben. Meine Mutter Halewa hat sich dafür entschieden, bei mir zu bleiben, obwohl mein Vater keinen Gefallen mehr an ihr findet.«

»Aha. Und wie ist es damit: Ich weiß, dass dein Volk uns bleiche Männer, weiße Fremde oder Bärtige nennt«, fuhr der weiße Mann fort. »Aber ich habe auch gehört, wie sie uns ›Tassen-tassees‹ nennen. Was bedeutet dieser Name?«

Pocahontas sah verlegen zu Boden.

»Bitte«, sagte der Mann namens John-Smith. »Du kannst es mir ruhig sagen.«

Da sah sie ihn an und bückte sich zögernd. Mit ihrem Finger zeichnete sie ein Bild in den Sand – ein kleines Tier mit einem Streifen auf dem Rücken. Anschließend rümpfte sie die Nase, um sicher zu gehen, dass er ihre Zeichnung verstand.

Der weiße Häuptling nickte. »Aber weshalb?«, fragte er.

Sie entschloss sich, nichts vor ihm zu verbergen. »Es liegt an dem Geruch deiner Leute«, erklärte sie und war ein wenig besorgt, er könne beleidigt sein. Doch stattdessen lachte er gutmütig.

»Das ist wahr«, meinte er. »Vermutlich sollten wir viel öfter baden.«

Am Fluss machte die Prinzessin ihren älteren Bruder mit dem kleinen Otter bekannt. Wieder lachte der Bärtige laut heraus, als er sah, wie das zutrauliche Tier aus dem eisigen Wasser schoss und auf Pocahontas' Arme hüpfte. Außer ihnen waren auch noch Nanoon, Kewelah und einige andere Kinder am Fluss.

»Hierher kommen wir jeden Morgen zum Baden, um die Sonne zu begrüßen und zu beten«, erzählte sie ihm.

Sein Gesicht wurde ernst. »Dieser Gott, zu dem ihr betet – ist das derselbe, der mich gestern Abend töten wollte?«

»Nein. Hier beten wir zu Ahone, dem Schöpfergott, der alles gemacht hat. Wir danken ihm für seine Gaben. Aber Okewas hat die Macht in dieser Welt. Er ist der Kriegsgott, der die Männer in die Schlacht schickt. Der Quiyow, der Medizinmann, der gestern um dich herumgetanzt ist, ist sein Diener. Okewas kann jederzeit schreckliche Menschenopfer fordern.«

»Auch ich bete den Schöpfergott an«, sagte John-Smith. »Und ich weiß, dass es noch einen anderen Geist gibt, der den

Krieg liebt und gerne Blut vergießt. Aber das ist ein teuflischer Geist. Er ist der Feind des Schöpfergottes.«

Pocahontas versuchte ihr Erstaunen über diese merkwürdigen Gedanken zu verbergen. Sie wollte gern verstehen, was der weiße Häuptling meinte, doch sie traute sich nicht, ihn danach zu fragen.

Stattdessen erkundigte sie sich nach seinem magischen Pfeil. Als Antwort zog er die Schnur über seinen Kopf und zeigte ihr seinen Schatz. Ja, es stimmte, in einer Scheibe aus Metall schwebte ein magischer Pfeil. Er zitterte, und ganz egal, wie John-Smith die Scheibe drehte, der Pfeil zeigte immer in dieselbe Richtung – nach Norden.

»Wir nennen dies einen Kompass«, erklärte John. »Er hat mir nach meiner Gefangennahme das Leben gerettet, weil alle dachten, es sei ein starker Zauber.«

Dann hängte er die Schnur wieder um seinen Hals und fügte hinzu: »Jetzt hätte ich fast etwas Wichtiges vergessen.« Er griff in eine Tasche seiner schweren Kleidung und holte die glänzenden blauen Perlen heraus, die er ihr versprochen hatte. »Für meine neue kleine Schwester«, sagte er. Vorsichtig ließ er sie in ihre Handflächen fallen.

Voller Freude lächelte Pocahontas ihn an und dankte ihm: »La-tee-nah!«

Entscheidungen

Im Laufe der Zeit passte sich John-Smith immer mehr den Lebensgewohnheiten der Algonkins an. Oft ging er gemeinsam mit den Kriegern auf die Jagd. Und Parahunt war der Ansicht, dass der weiße Mann erstaunlich rasch begriffen hatte, wie man mit einem Bogen umging.

Halewa kümmerte sich um alles, was er brauchte. Pocahontas musste lächeln, wenn sie zusah, wie ihr älterer Bruder Maiskuchen und Ahornsirup verschlang. Und er suchte sich den allergrößten Löffel aus, wenn es Halewas Hirschkopfsuppe gab. Einmal hörte das Mädchen ihn zu ihrer Mutter sagen, dass er hier weitaus besseres Essen bekam als alle Leute in seinem Heimatdorf.

»Der weiße Häuptling ist um die anderen weißen Männer besorgt«, sagte Halewa an diesem Abend zu ihrer Tochter, als sie sich auf die Schlafmatten legten. »Sie haben Hunger.«

Am nächsten Tag setzte sich Pocahontas neben John-Smith auf einen niedrigen Stein an der Kochstelle. Er war gerade von der Jagd mit Parahunt zurückgekehrt. In seiner Hand hielt er die weiße Feder, die Pocahontas ihm geschenkt hatte. Außerdem hatte er ein glattes Stück Holz auf dem Schoß und Halewas kleinen Tontopf mit der dunklen Farbe, die sie aus Beerensaft machte. Nun tauchte der Gelbhaarige die Spitze der Feder in den Beerensaft und malte damit seltsame Zeichen auf das Stück Holz.

»Das ist dein Name«, sagte er dann zu seiner kleinen Schwester.

Sie fragte sich, ob er die weiße Feder meinte. Wie konnte er ihren geheimen Namen wissen? Aber nein, er zeigte auf die Symbole, die er gemalt hatte.

»Das sind Buchstaben«, erklärte er. »Zusammen ergeben

sie den Namen Pocahontas. Mit solchen Buchstaben und Wörtern kann ich überallhin eine Botschaft senden und damit so viel erzählen, wie ich will.«

Pocahontas sah nicht, warum das wichtig sein sollte. »Mein Vater übermittelt seine Nachrichten durch Boten«, sagte sie zu ihm. »Selbst wenn Häuptling Powhatan einen ganzen Vormittag lang redet, kann der Bote sich an jedes Wort erinnern und wird die Nachricht ohne Fehler weitergeben.«

»Das ist wirklich ein Wunder«, pflichtete John-Smith ihr bei. »Doch die Worte, die mit diesen Zeichen gesprochen werden, können noch viel länger gehört werden, als die Erinnerung jedes Boten reicht. Ich könnte jetzt eine Botschaft aufschreiben, die alles Wichtige über Häuptling Powhatan berichtet. Dann könnte er sie aufbewahren und seinen Urenkeln und sogar Ururenkeln weitervererben. Selbst hundert Jahre später würde diese Botschaft immer noch in diesen Zeichen stecken und jeder könnte sie verstehen.

Ich könnte sogar eine Nachricht über dich, kleine Schwester, an mein Volk in England schicken. Diese Leute leben weit weg auf der anderen Seite des Ozeans. Ich könnte ihnen erzählen, wie Prinzessin Pocahontas aussieht, welche Kleider sie trägt und was sie jeden Tag tut. Sogar, wie sie mein Leben gerettet hat. Das alles würden diese kleinen Buchstaben berichten.«

Pocahontas schüttelte den Kopf, weil sie nicht begriff, wie das funktionieren sollte. Der ältere weiße Bruder war inzwischen wirklich ein guter Algonkin geworden, doch nun erkannte sie, dass es auch viele Dinge gab, die die Algonkins von den weißen Menschen lernen konnten.

»Erzähl mir von diesem England auf der anderen Seite des Meeres«, bat sie.

»Die Häuser dort sind aus Steinen gebaut«, begann er.

»Und Mädchen wie du tragen Kleider, die weit nach außen stehen, so wie kleine Wigwams.«

Verwundert überlegte Pocahontas, ob er scherzte. Weshalb sollte sich irgendjemand so kleiden wollen?

»Ich bin über die Meere gesegelt, um in viele ferne Länder zu reisen«, fuhr John-Smith fort. »Aber von allen Orten, an denen ich gewesen bin, ist dies hier der allerschönste. Als ich hier das Schiff verließ und an Land ging, fand ich Erdbeeren, die viermal so groß waren wie die, die wir in England haben. Die Bäume hier sind sehr hoch, und in den Wäldern wimmelt es von Tieren. Die Flüsse sind breit und klar und voller Fische. Ich liebe dein Land, Pocahontas.«

»Es ist jetzt auch dein Land«, meinte sie. »Du wirst hier bei uns bleiben als mein adoptierter Bruder. Du gehörst jetzt zu unserer Familie.«

Sie sah, wie seine Miene einen besorgten Ausdruck annahm. »Aber mein Volk in unserem Dorf Jamestown braucht mich, das weiß ich. Manche unserer Häuptlinge sind nicht so klug wie ihr. Sie kümmern sich mehr um die Jagd nach Gold als um die Jagd nach Essen.«

Pocahontas wünschte, sie hätte seine Worte gar nicht gehört. Sie hatte gehofft, er würde sein Dorf namens Jamestown einfach vergessen. Außerdem, hatten die Brüder nicht gesagt, dass dieses Dorf sich nicht lange gegen Krankheiten und Meeresstürme behaupten konnte? Hier konnte John-Smith ein mächtiger Algonkin-Krieger werden.

Drei Tage später kündigten die Trommeln bei Sonnenuntergang wieder eine Stammeszusammenkunft an. Mehrere bemalte Krieger gingen zum Gästewigwam hinüber, um den weißen Mann zu holen. Auch seine kleine Schwester begleitete ihn zum großen Langhaus. Seit der Nacht, in der er beinahe getötet worden wäre, war er nicht mehr in diesem Haus gewesen. Pocahontas hoffte, dass er sich heute Abend nicht fürchtete. Sie war davon überzeugt, dass diese Versammlung kein Kriegsrat war. Schließlich hatte sie den Quiyow seit jener Nacht kein einziges Mal mehr gesehen.

Im Inneren des Langhauses standen die Krieger aufrecht vor Häuptling Powhatans Thron. Alle waren von Kopf bis Fuß schwarz bemalt. Diese Farbe kündigte an, dass weit reichende Entscheidungen zu treffen waren.

Häuptling Powhatan bot John-Smith eine brennende Friedenspfeife an. Pocahontas sah, wie ihr neuer Bruder den Rauch langsam und feierlich einatmete. Er hatte sich sorgfältig mit ihren Sitten vertraut gemacht.

Schweigend stand der Häuptling vor dem weißen Mann. Sein Kinn war vorgestreckt und seine Augen verengten sich zu schmalen Schlitzen. So sah er immer aus, wenn eine bedeutsame Entscheidung gefällt werden musste.

Schließlich brach Powhatan das Schweigen.

»John-Smith, ich weiß, dass du ein Häuptling unter den bleichen Bärtigen bist.«

Der Angesprochene nickte.

»Du stehst heute vor mir, weil meine Tochter den Wunsch hatte, dich zu retten. Weil sie das getan hat, hast du die Todesstrafe gegen den Geist der Adoption eingetauscht. Du bist jetzt ein Algonkin, einer von uns. Du bist Pocahontas' älterer Bruder. Daher gebe ich dir den Namen Nantakod - der Adoptierte.

Obwohl sie noch ein Kind ist, hat Pocahontas eine große Verantwortung übernommen. Doch sie ist schon seit langem dazu bestimmt, eine Medizinfrau zu werden.«

Bei diesen Worten straffte das Mädchen ihre Schultern und richtete sich ein wenig auf.

»Ich habe eine Entscheidung getroffen«, verkündete Powhatan. »Ich habe beschlossen, dass es besser ist, mit den Bärtigen Handel zu treiben, als mit ihnen Krieg zu führen.

Unter den Bärtigen bist du ein Häuptling, deshalb wirst du von heute an auch ein Häuptling der Algonkins sein. Als adoptierter Häuptling musst du mir deine Gunst erweisen wie alle meine anderen Häuptlinge. Du wirst mir deine Treue durch Geschenke bezeugen.

Ich werde dir mitteilen, welche Geschenke mir gefallen. Und dann wirst du in dein Heimatdorf zurückkehren.«

Pocahontas konnte hören, wie John-Smith neben ihr im selben Augenblick wie sie tief einatmete.

»Heute Abend«, fuhr Häuptling Powhatan fort, »werde ich dich in dein Dorf zurücksenden. Zwölf meiner tapfersten Krieger werden dich begleiten. Wenn du sie wieder zurückschickst, kannst du ihnen deine Geschenke für mich mitgeben.

Ich bitte dich um einen eurer Mühlsteine, da du meiner Tochter und ihrer Mutter von den wunderbaren Mühlsteinen in eurem Dorf erzählt hast. Und ich möchte Kupfertöpfe haben. Außerdem bitte ich dich, mir zwei von den riesigen Donnerstöcken zu schenken, die Feuer speien. Mit diesen Waffen werde ich mich gegen meine Feinde, die Irokesen und die mächtigen Huronen, verteidigen können. Das sind die Gaben, die ein Häuptling wie du seinem König zum Geschenk machen soll.«

»Großer Powhatan«, antwortete John-Smith, »diese Adoption ist eine große Ehre für mich. Ich freue mich sehr darüber, dass du mich zu einem Häuptling der Algonkins gemacht hast. Danke, dass du mir erlaubst, in mein Dorf zurückzukehren. Ich werde dir die Geschenke schicken, um die du gebeten hast.«

Pocahontas spürte, wie sich Enttäuschung in ihr ausbreitete. Sie wollte nicht, dass ihr älterer Bruder von hier fortging.

»Doch ich habe einen Wunsch«, fügte der weiße Mann hinzu. »Häuptling Powhatan, es wäre mir eine große Ehre, wenn du Prinzessin Pocahontas gestatten würdest, mich auf meiner Reise in mein Dorf zu begleiten.«

Rasch sah Pocahontas auf und ihr Blick begegnete dem ihres Vaters.

Aber John-Smith Nantakod sprach weiter: »Ich würde der Prinzessin gerne einige besondere Geschenke geben. Und ich würde mich freuen, wenn sie ein paar Tage lang in unserem Dorf zu Gast wäre. Wir werden sie wie eine Prinzessin behandeln. Und sobald du es wünschst, wird sie wieder zurückkehren.«

Häuptling Powhatan hatte die Arme über der Brust gekreuzt. Jetzt nickte er zustimmend.

Sie durfte mitgehen! Sie würde mit eigenen Augen diesen merkwürdigen Stamm und alle seine Sitten kennen lernen!

John-Smith verließ unverzüglich den Raum, um in sein Wigwam zu gehen und seine Habseligkeiten für die Reise zusammenzusuchen. Doch Pocahontas trat zum Thron ihres Vaters. Mit einem überströmenden Gefühl der Dankbarkeit beugte sie sich nach vorne und berührte mit ihrer Stirn die gekreuzten Arme ihres Vaters.

Das Wunder

Fast geräuschlos glitt das schmale Kanu über den mondbeschienenen Fluss. Parahunt saß vorne, und Remcoe hatte den Platz ganz hinten eingenommen. Zwischen ihnen kauerte Pocahontas, in einen Umhang aus Kaninchenfell gehüllt, der sie vor der Abendkühle schützen sollte.

Plötzlich hörte Parahunt auf zu paddeln und drehte sich zu seiner Schwester um. Er hob das Paddel hoch und streckte es ihr entgegen. »Du hast dir doch schon immer gewünscht, auf eine abenteuerliche Reise zu gehen, nicht wahr, kleine Schwester? Möchtest du gerne das Paddel übernehmen?«

Pocahontas nickte eifrig.

»Siehst du«, meinte er, während sie das Paddel ins Wasser tauchte, »diesmal musst du dich nicht unter einem alten Bärenfell verstecken!«

Ihr Lachen schallte über das silbrig glänzende Wasser.

Sie fuhren den Fluss hinunter bis zum Chesapeake. Von dort aus würden sie in Richtung Süden stromaufwärts paddeln. An diesem Fluss lag das Dorf Jamestown. Im Kanu der Algonkins befanden sich Körbe voller Maismehl, getrockneter Beeren und Nüsse. Außerdem hatten sie Reh- und Bärenfleisch dabei und eine Schnur mit getrockneten Fischen. Diese Nahrungsmittel waren ein Geschenk für die weißen Männer in John-Smiths Heimatdorf.

Pocahontas dachte an ihren älteren Bruder und die zwölf Krieger, die ihn begleiteten. Auch sie waren unterwegs nach Jamestown, doch sie hatten den kürzeren und beschwerlicheren Weg gewählt: Sie gingen zu Fuß und durch den Wald nach Süden. Der Landweg hatte den Vorteil, dass sie bei ihrer Rückkehr denselben Weg gehen und die Feuer speienden Donnerstöcke mitnehmen konnten.

Sicher würden die Menschen in Jamestown sehr erfreut darüber sein, dass John-Smith zu ihnen zurückkehrte. Er war mehr als zwei Monde bei den Algonkins gewesen, überlegte Pocahontas.

Die Morgensonne spiegelte sich schon auf dem Wasser, als das Kanu schließlich am Ufer anlegte. Sie waren beim Dorf der weißen Männer angekommen. John-Smith und die zwölf Algonkins hatten sich beeilt und waren bereits vor ihnen dort. Mit ihnen warteten noch einige andere Bärtige zu ihrer Begrüßung am Flussufer.

Als Pocahontas das Kanu verließ, drangen ein paar englische Worte an ihr Ohr, die John-Smith ihr beigebracht hatte. »Essen«, riefen die weißen Männer, »sie haben zu essen mitgebracht!«

»Ja«, antwortete Pocahontas, »Essen.« Sie zeigte mit ihrer Hand auf die Vorräte im Kanu und bedeutete den Bärtigen, die Geschenke entgegenzunehmen. Rasch begannen einige von ihnen, die Nahrungsmittel auszuladen und zu ihren Häusern zu tragen. Auch dieses Dorf war von einem hohen Zaun aus Baumstämmen geschützt.

John-Smith Nantakod hieß seine kleine Schwester Pocahontas in Jamestown willkommen. Er verkündete: »Die Krieger deines Vaters möchten gerne sehen, wie die Donnerstöcke Feuer speien, bevor sie sie ins Dorf deines Vaters bringen. Ich werde es ihnen jetzt vorführen.« Gleich darauf brachte er die Algonkins zu den großen Röhren aus Metall, die von den Bärtigen »Kanonen« genannt wurden.

Einige von ihnen waren am Eingang des Dorfes aufgestellt. Pocahontas sah, wie die weißen Männer graues Pulver in eine der Röhren füllten.

Jetzt machte John-Smith ein Zeichen, dass alle zurücktreten sollten.

BUMMMM! krachte der Donnerstock und um sie herum

bebte die Erde. Fast alle Krieger warfen sich vor Furcht auf den Boden. Parahunt und Pocahontas blieben stehen, doch nur, weil sie sich an John-Smiths Schultern festhielten.

»Das ist gut! Das ist eine große Kraft!« riefen die Algonkins, nachdem sie wieder Mut gefasst hatten. Voller Neugier drängten sie sich um die riesigen Waffen. »Häuptling Powhatan wird sehr erfreut sein!«

»Dann könnt ihr jetzt mit zwei von diesen Donnerstöcken zu König Powhatan zurückkehren«, sagte John-Smith.

Die Krieger verteilten sich so, dass jeweils sechs Männer einen Donnerstock umringten. Sie schlangen die Arme um die mächtige Röhre und zogen mit aller Kraft. Nichts geschah. Nun versuchten alle zwölf Krieger mit vereinten Kräften wenigstens einen der Donnerstöcke zu bewegen. Die Muskeln der Männer waren bis zum Zerreißen angespannt und doch bewegte sich die Kanone nicht vom Fleck.

»Zieht doch!«, feuerte John-Smith sie an. »Zieht noch stärker!«

Während die Krieger sich noch mehr anstrengten, blickte Pocahontas ihren älteren Bruder an. Langsam dämmerte es ihr: Er hatte dies bereits vorausgesehen! Es würden viel mehr als zwölf Männer nötig sein, um diese riesigen Donnerstöcke an einen anderen Ort zu bringen. Die Bärtigen mussten alle mitgeholfen haben, um diese Waffen vom Ufer, an das die Schiffe aus England sie gebracht hatten, bis nach hier oben zu schaffen.

»Es tut mir Leid. Es tut mir so Leid«, erklärte John-Smith den Kriegern, als sie schließlich voller Enttäuschung aufgaben. »Wir werden den Mühlstein und die Kupfertöpfe in Parahunts Kanu legen, damit wenigstens diese Gaben zu Häuptling Powhatan gebracht werden können.«

Danach wurden diese Geschenke und einige wunderbare Perlen aus dem Dorf geholt und ins Kanu geladen. Außerdem überreichte John-Smith Remcoe ein Jagdmesser und Parahunt eine prächtig glänzende Axt.

Brummend machten sich die zwölf anderen Krieger auf den Heimweg nach Comoco. John-Smith verabschiedete sich inzwischen von Parahunt und Remcoe. Er ergriff ihre Hände und berührte ihre Schultern in einer Geste der Freundschaft.

»Ich werde gut auf Prinzessin Pocahontas Acht geben«, versprach er ihren Brüdern. »Sie wird Geschenke bekommen, die ihr sehr gefallen werden. Und sobald Häuptling Powhatan es wünscht, könnt ihr eure Schwester wieder abholen.«

Als das Kanu vorwärts glitt, rief Pocahontas den beiden ihren Abschiedsgruß nach.

Dann wandten sie und John-Smith sich um, kletterten die Böschung hinauf und gingen durch das Tor, das zum Dorf führte. Mit großen Augen sog sie alles Neue in sich auf. Nicht die kleinste Einzelheit sollte ihr entgehen. Überall wimmelte es von bärtigen weißen Männern. Sie sahen müde und schwach aus, und viele schienen krank zu sein. Der Gestank im Dorf machte Pocahontas sofort klar, weshalb ihr Volk diese Leute Tassen-Tassees genannt hatte.

Nun hörte sie, wie John-Smith sie als Prinzessin Matoaka Pocahontas, Tochter des mächtigen Häuptlings Powhatan, vorstellte. Die weißen Männer beugten sich ein wenig steif nach vorn und sagten etwas auf Englisch, das sie nicht verstehen konnte.

»Sie sagen, dass sie sehr dankbar für das Essen sind«, übersetzte John-Smith. »Sie werden heute Abend ein großes Festessen für alle zubereiten.«

Erfreut lächelte sie und versuchte ein wenig unbeholfen, die Verbeugung zu erwidern.

Die Holzhütten im Dorf der Weißen erschienen Pocahontas wie ein Wunder. Sie waren hoch, und die Wände gingen senkrecht nach oben. Die Dächer bestanden aus geflochtenen Zweigen und Gras. John-Smith nannte das ein »Reetdach«. Sie sah viele Werkzeuge und andere Dinge, die sie nicht kannte.

Allerdings konnte Pocahontas nirgends eine Frau erblicken. »Wo sind denn die Frauen?«, fragte sie ihren älteren Bruder.

»Wir haben keine Frauen mitgebracht«, antwortete er.

»Keine Frauen! Dann verstehe ich, weshalb ihr Hunger habt! Nur Frauen wissen, wie man Mais und Bohnen pflanzt. Meine Schwestern und ich hätten es dir zeigen können.«

»Die Männer konnten außerhalb des Zauns nichts anpflanzen«, erklärte er. »Sie hatten Angst vor den Pfeilen der Paspeg-Krieger.«

Nun stellte John-Smith sie einem grauhaarigen Mann vor, den er Pfarrer Hunt nannte. Anscheinend war dieser Mann der Medizinmann von Jamestown, doch er trug keine Schlangenhäute oder Wieselfelle. Pocahontas war sehr erstaunt darüber, wie fröhlich er lächelte, obwohl er noch schwächer und kränker aussah als die anderen Männer.

Auch einen Mann namens Percy lernte sie kennen. Er war sehr schlank, hatte ein freundliches Lächeln und küsste ihre Hand. Percy und Pfarrer Hunt klopften John-Smith freundschaftlich auf die Schulter und unterhielten sich mit ihm. Aber Pocahontas bemerkte, dass die meisten Bewohner von Jamestown nicht glücklich über die Rückkehr ihres Häuptlings zu sein schienen. Wenn sie mit ihm sprachen, klangen ihre Stimmen sehr ernst. Viele starrten ihn an und flüsterten miteinander.

Zwei dieser besorgten Männer schienen ebenfalls Häuptlinge zu sein. John-Smith sagte ihr die Namen der beiden. Der eine, der ein wenig aufgeblasen aussah, hieß Ratcliffe, und der andere, der sie an einen schwächlichen Hund erinnerte,

Archer. Beide waren von den Bärtigen zu Häuptlingen gewählt worden.

Jetzt wurde Pocahontas in ein Haus geführt, in dem das Essen ausgeteilt werden sollte. In der Mitte stand ein Tisch aus glattem, poliertem Holz, und auf der einen Seite war eine besondere Feuerstelle aus Steinen errichtet worden. Sie war so gebaut, dass der Rauch nicht das ganze Haus erfüllen konnte. Auf dem Feuer stand ein schwarzer Topf und etwas kochte darin. Immer mehr Männer kamen herein.

Der schreckliche Geruch, der diesen weißen Männern anhaftete, erdrückte Pocahontas in diesem geschlossenen Raum beinahe.

Sogar hier, als alle nebeneinander am Tisch saßen, schienen die Männer sich in John-Smiths Nähe unbehaglich zu fühlen. Pocahontas hatte sich neben ihn gesetzt. Man bot ihr einen Löffel aus glänzendem Metall an und eine Schüssel wässrige Suppe. Ihr älterer Bruder nannte es Haferschleim. Nachdem sie davon gekostet hatte, konnte sie keinen Bissen mehr hinunterbringen. Wenn das alles war, was die Bärtigen zu essen bekamen, war es kein Wunder, dass sie schwach und hungrig waren. Pocahontas war sehr froh über die Nahrungsmittel, die sie im Kanu mitgenommen hatten. Wenigstens würde es heute Abend ein richtiges Festessen geben.

Nach dem kärglichen Mahl folgte sie ihrem älteren Bruder erleichtert ins Freie. Sie freute sich über die frische Luft und atmete tief ein. Anschließend kletterten sie miteinander auf die Spitze des Turms, der an einer Ecke des Zauns stand. Von dort aus konnten sie Jamestown und die ganze Umgebung überblicken. John-Smith ließ Pocahontas durch einen magischen kleinen Stock schauen, den er »Fernrohr« nannte. Er ließ die Dinge, die weit weg waren, ganz nah erscheinen.

Während sie dort oben auf dem Aussichtsturm standen, erklärte er ihr die Situation im Dorf: »Die anderen Häuptlinge sind böse auf mich. Einer von ihnen – Archer – sagt, dass ich bestraft werden müsse.«

»Bestraft? Aber weshalb denn?«, fragte sie.

»Für den Tod der Männer, die mir in den Wald gefolgt sind, als ich gefangen genommen wurde.«

»Aber es waren doch die Pamunkeys und mein Onkel Opech, die die Männer getötet haben. Du hättest doch gar nichts tun können, um sie zu retten!«

»Ja, ich weiß. Aber Archer und Ratcliffe sind neidisch. Sie mögen mich nicht, weil einige der Männer lieber meinen Befehlen folgen würden als ihren. Sie dachten, ich wäre tot. Und nun wollen sie mich auf jeden Fall loswerden.«

Von unten ertönte ein Ruf: »Captain Smith!«

John-Smith wechselte rasch einige Worte mit dem Soldaten, der ihn gerufen hatte. Dann wandte er sich an Pocahontas. »Sie wollen mit mir reden. Ich soll zu Ratcliffes Haus kommen.« Unverzüglich folgte das Mädchen ihm die Leiter hinunter.

Kurz darauf verschwand John-Smith in einer der Hütten und die Tür schlug hinter ihm zu.

Pocahontas wartete draußen. Sie machte sich große Sorgen um ihren älteren Bruder. Auf einmal erschien der Medizinmann, Pfarrer Hunt, neben ihr, um mit ihr zusammen zu warten. Er kannte ihre Sprache nicht, doch die Prinzessin war froh, ihn in ihrer Nähe zu haben.

Schließlich öffnete sich die hölzerne Tür, und mehrere Männer traten nach draußen. Pocahontas' älterer Bruder ging zwischen Archer und Ratcliffe. Seine blauen Augen schienen dunkler als sonst, und seine Hände waren hinter seinem Rücken zusammengebunden.

Das Mädchen stürzte auf ihn zu. Er sprach sie in der Algonkin-Sprache an: »Sie haben beschlossen, dass ich sterben muss«, sagte er.

»Sterben?«, wiederholte sie ungläubig.

»Hab keine Angst, kleine Schwester«, sagte Nantakod. »Sie haben mir versprochen, dich wohlbehalten zu deinem Vater zurückzubringen. Sie wissen, was für eine wichtige Persönlichkeit du bist.«

Sofort stieß Pocahontas laute, klagende Schreie aus. Einige Bärtige blickten sie böse an. »Sei still!«, fuhren sie sie an.

Aber Pocahontas' Klagerufe wurden nur noch lauter. Was geschah hier nur? In ihrem eigenen Dorf hatte sie John-Smith retten können. Doch hier, in seinem Dorf, war sie machtlos, und Parahunt und die anderen Krieger waren längst fort.

Pfarrer Hunt legte seinen Arm um Nantakods Schultern, und die beiden Männer knieten nebeneinander auf der Erde nieder. Sie schlossen die Augen, senkten ihre Köpfe und sprachen leise.

Währenddessen sah Pocahontas, wie ein Bärtiger ein Seil an einen Balken knüpfte, der aus dem Aussichtsturm herausragte. Das Ende des Seils war zu einer Schlinge geknotet.

Verzweifelt erhob das Mädchen ihre Stimme zu einem lauten Gebet: »Ahone, Schöpfergott, höre uns! Gott von John-Smith, rette ihn!«

Immer mehr bärtige Männer versammelten sich um die Gruppe. Sie waren still und schienen wie betäubt zu sein. Sogar Percy, Nantakods Freund, sah schwach und verstört aus. Pocahontas erkannte, dass niemand hier ihrem älteren Bruder helfen würde.

Da ertönte plötzlich ein Schrei von dem Bärtigen, der auf dem Aussichtsturm stand. Sein Gesicht war auf den Fluss gerichtet.

Und auf einmal krachte etwas wie ein Gewitter. Es klang wie mehrere Donnerstöcke, die noch ein ganzes Stück entfernt waren.

Jetzt kam der Ruf: »Ein Schiff! Ein Schiff!«

Alle jubelten und rannten durchs Tor hinaus. Sie ließen John-Smith zurück, und Percy und Pfarrer Hunt machten sich sofort daran, die Fesseln um seine Hände zu lösen. Pocahontas rannte auf ihn zu und schlang die Arme um ihren Freund. Auf seinem Gesicht stand große Erleichterung. »Das ist das englische Schiff, das schon vor Monaten hier eintreffen sollte«, erklärte er. »Ich glaube, nun wird alles gut werden.«

Pocahontas hörte, wie er ein englisches Wort wieder und wieder sagte, das sie nicht kannte: »Ein Wunder!«, rief er. »Es ist ein Wunder geschehen – für mich und für uns alle!«

Das Vorratshaus

Bald darauf traten John-Smith und Pocahontas ebenfalls zu der jubelnden Menge am Flussufer. Beim Anblick des gewaltigen Schiffes blieb dem Mädchen vor Erstaunen der Mund offen stehen. Mit seinen großen weißen Segeln sah dieses schwimmende Ungetüm aus wie eine Gruppe riesiger Schwäne, die flussaufwärts schwammen.

Jetzt ging das Schiff ein ganzes Stück von ihnen entfernt vor Anker. Sofort kam ein kleineres Boot auf sie zu. Sechs Bärtige saßen darin. Sobald das Boot angelegt hatte, zog einer der Männer die Aufmerksamkeit aller auf sich. Alle schienen Respekt vor ihm zu haben – sogar der aufgeblasene Ratcliffe und der schwächliche Archer. John-Smith flüsterte Pocahontas zu, dass dieser Mann Captain Newport heiße.

»Darf ich Ihnen Prinzessin Pocahontas vorstellen, Sir«, wandte er sich dann an den Neuankömmling.

Captain Newport verbeugte sich ehrerbietig und antwortete: »Sie sind wunderschön, Prinzessin.«

Und plötzlich wollten alle Bärtigen gleichzeitig mit Captain Newport sprechen. John-Smith, Ratcliffe, Archer und einige andere begleiteten ihn durch das Tor ins Dorf.

Einer der angekommenen Männer fuhr mit dem kleinen Boot wieder zum Schiff zurück. Pocahontas setzte sich auf den grasbewachsenen Boden und blickte über das Wasser. *So sind die Bärtigen also über den großen grauen Ozean gekommen,* dachte sie. Und jetzt würde dieses gewaltige Segelboot sicherlich die Soldaten aus Jamestown wieder zurück nach England bringen, wo sie mit ihren Frauen zusammen wieder gesund und glücklich sein konnten. Doch John-Smith sollte hier in diesem Land bleiben. Er hatte schließlich gesagt, dass er es schöner fand als England und jeden anderen Ort. Hier würde er ein mächtiger Algonkin-Häuptling werden.

Weit draußen auf dem Wasser konnte sie beobachten, wie die Bärtigen die Segel an hohen Masten aufrollten. Jetzt sah es nicht länger wie eine Gruppe von Schwänen aus, sondern wie ein Boot, aus dem große Bäume wuchsen.

Bald darauf kehrte das kleine Boot wieder zum Ufer zurück. Dieses Mal befand sich eine größere Zahl Männer darin. Pocahontas saß noch eine ganze Weile auf der grasbewachsenen Böschung und beobachtete, wie das Boot ständig zwischen Schiff und Ufer hin- und herpendelte. Sie zählte siebzig neue Tassen-tassees, die nach Jamestown kamen. Es waren sogar zwei Jungen darunter, die in ihrem Alter zu sein schienen. Alle diese Neuankömmlinge wirkten viel kräftiger und gesünder als die Bärtigen, die bereits hier lebten. Offenbar hatten diese Engländer vor, sich hier niederzulassen. Die Prinzessin dachte darüber nach, was ihr Vater wohl davon halten würde.

An diesem Abend gab es für alle ein großes Festmahl aus den Nahrungsmitteln, die Pocahontas mitgebracht hatte. Außerdem wurde ein beißendes Getränk gereicht, das von dem großen Schiff stammte. Nach dem Essen sangen und tanzten die Männer. Die Weißen hatten keine Trommeln, aber ein Mann besaß einen hölzernen Kasten, über den Schnüre gespannt waren. Er strich mit einem langen Stock über diese Schnüre und entlockte ihnen ein singendes Geräusch. Dieser Holzkasten sei eine Fiedel, erklärte John-Smith der verblüfften Prinzessin. Die Männer stampften mit ihren Stiefeln und klatschten zu der schnellen, fröhlichen Melodie in die Hände.

Ein anderer Soldat brachte ein noch viel erstaunlicheres Ding, mit dem man Lärm machen konnte. Es schien ein Beutel voller Wind zu sein und hörte sich so an, als ob hundert Wölfe gleichzeitig heulten. Pocahontas hätte sich am liebsten die Ohren zugehalten. Als ihr älterer Bruder bemerkte, wie sehr sie litt, bat er den Musikanten, auf die andere Seite des Raumes zu gehen.

Am nächsten Morgen beobachtete die Prinzessin wieder, wie das kleine Boot zwischen Schiff und Küste hin- und herfuhr. Diesmal wurden Nahrungsmittel an Land gebracht. Innerhalb der Dorfumzäunung sah sie dann, wie die meisten Nahrungsmittel in ein Haus getragen wurden, das die Engländer Vorratshaus nannten. Diese Arbeit nahm den ganzen Tag in Anspruch.

Da alle Bärtigen so beschäftigt waren und sie selbst nicht viel zu tun hatte, begann Pocahontas, vor dem Lagerhaus Rad zu schlagen. Im selben Augenblick traten die beiden Jungen, die etwa ihr Alter hatten, aus der Tür des Vorratshauses. Sie lachten und fingen ebenfalls an, Rad zu schlagen, bis einer der Soldaten nach ihnen rief. Sie mussten zum Flussufer hinunterlaufen, um noch mehr Vorräte hinaufzutragen.

Wieder allein, nahm das Mädchen neuen Anlauf und widmete sich wieder dem Radschlagen. Plötzlich befand sie sich direkt vor der offenen Tür des Gebäudes neben dem Vorratshaus. Durch die Tür konnte sie im Hintergrund des Raumes Pfarrer Hunt, den Medizinmann von Jamestown, sehen. Er erkannte sie ebenfalls und winkte sie herein.

Zuerst wagte Pocahontas nicht einzutreten. Bei den Algonkin-Indianern hielt der Medizinmann stets große Distanz zu den anderen. Sie hatte noch nie gehört, dass der Quiyow jemanden in sein Wigwam eingeladen hatte und sicher erst recht kein Kind.

Abgesehen davon konnte sie sich auch nicht vorstellen, dass irgendein Kind den Wunsch haben könnte, sich dem Aufenthaltsort des Quiyow zu nähern. Aber irgendetwas in ihrem Innern wollte der Einladung des weißen Medizinmannes folgen. Sie hatte schon beobachtet, wie er mit den anderen weißen Männern umherging und ganz ungezwungen mit ihnen redete und lachte, so als ob er einer von ihnen wäre. Und sie hatte gesehen, wie er mit John-Smith gebetet und ihn getröstet hatte. Sicher wollte dieser Mann sie nicht erschrecken oder in Gefahr bringen.

Also betrat Pocahontas das Haus. Sie ging an hölzernen Platten vorbei, die über kurze, aufrecht stehende Hölzer gelegt waren. Diese Vorrichtungen waren in Reihen angeordnet. Pfarrer Hunt saß ganz hinten auf einem Stuhl. An der Wand über seinem Kopf hingen zwei silberfarbene Balken. Ein Balken stand senkrecht, und der andere durchkreuzte ihn in der Mitte. Da fiel es ihr wieder ein: Als John-Smith gestern mit ihr hier vorbeigegangen war, hatte er ihr diesen Versammlungsort gezeigt, wo die weißen Männer ihren Gott anbeteten. Er hatte ihn »Kirche« genannt.

In der Mitte des Raumes konnte man in das Innere eines Turmes hinaufblicken. Ganz oben an der Spitze hing etwas, das wie ein Topf aus Metall aussah, der verkehrt herum aufgehängt war. In dem Topf befand sich ein Metallstock, von dem ein Seil herunterbaumelte. Das Seil hing so weit herab, dass sie es fast in die Hand nehmen konnte.

Nun erhob Pfarrer Hunt sich von seinem Stuhl und kam auf sie zu. Er griff nach dem Seil und zog daran. Hoch oben im Turm schwang der Metalltopf zur Seite, als ob er sich überschlagen wollte. Der Stock schlug gegen die Innenwand des Topfes, und dabei ertönte ein Geräusch, das Pocahontas staunen ließ.

»Glocke«, erklärte Pfarrer Hunt.

Er ging zu seinem Stuhl zurück. Dann hob er etwas auf, das auf seinem Schoß gelegen hatte, als sie hereingekommen war. »Bibel«, sagte er nun. Sicher hatte diese Bibel großen Wert für ihn, denn er hielt sie fast zärtlich in den Händen, während er sie dem Mädchen entgegenstreckte. Pocahontas erblickte eine weiße Oberfläche, auf der sich lauter Linien befanden. Nachdem sie genauer hingeschaut hatte, erkannte sie, dass die Linien schmale Reihen aus kleinen schwarzen Zeichen waren. Es waren ähnliche Zeichen wie jene, mit denen John-Smith einmal ihren Namen gemalt hatte.

Behutsam hielt Pocahontas die Bibel auf ihren offenen Handflächen. Die Unterseite fühlte sich wie weiches Rehleder an. Pfarrer Hunt benutzte seinen Daumen, um ihr zu zeigen, dass die weiße Oberfläche aus zwei Stapeln dünner weißer Blätter bestand. Diese Blätter waren viel dünner, als man Birkenrinde jemals hätte schneiden können. Die beiden Stapel lagen nebeneinander, doch sie waren irgendwie in der Mitte zusammengefügt. Auf jedem Blatt konnte sie viele Reihen winziger schwarzer Symbole erkennen.

Sie nahm an, dass dies eine Botschaft aus vielen, vielen Worten war. Aber sie fragte sich gleichzeitig, wer diese Zeichen gemalt hatte und wie diese Person so kleine Symbole hatte zeichnen können.

Dann sprach Pfarrer Hunt mit ihr, doch sie konnte ihn nicht verstehen. Sie schnappte allerdings einige englische Worte auf, die sie kannte: »Gott«, »gut« und »Schöpfer«. John-Smith hatte ihr diese Begriffe beigebracht, als sie über Ahone gesprochen hatten. Vielleicht stammten diese Worte in der Bibel von dem Schöpfergott? War es möglich, dass er selbst diese Zeichen gemalt hatte?

Kurz vor Sonnenuntergang erzählte ihr John-Smith, dass heute Abend ein weiteres Festmahl stattfinden sollte. Die frischen Lebensmittelvorräte für Jamestown waren aus dem Schiff ausgeladen und ins Vorratshaus gebracht worden. Um diesen Anlass zu feiern, hatte Captain Newport die Führer von Jamestown zu einem Abendessen auf sein Schiff eingeladen. »Und Prinzessin Pocahontas wird ebenfalls gebeten, daran teilzunehmen«, berichtete der ältere Bruder.

Der erste Stern kam gerade am nächtlichen Himmel zum Vorschein, als John-Smith und Pocahontas in dem kleinen Boot über den Fluss fuhren. Gegen den nachtblauen Himmel zeichneten sich deutlich die hohen, schlanken Masten ab, die aus dem Schwanenschiff emporragten. Die Prinzessin konnte ihre Aufregung darüber kaum unterdrücken, dass sie nun tatsächlich dieses riesige Schiff betreten durfte. Aber nachdem man ihr schließlich aus dem kleinen Boot in das große Schiff hinaufgeholfen hatte, verschwand ihre Begeisterung rasch. Der Geruch der Tassen-tassees war hier noch viel schlimmer als im Dorf. Und er wurde noch stärker, als die Gäste den Bauch des Schiffes betraten. Dort war in einem Raum auf einem großen Tisch ein Abendessen gedeckt.

Pocahontas und John-Smith saßen neben dem freundlichen Percy und Captain Newport. John-Smith erzählte ihr, dass Percys Bruder sich König James zum Feind gemacht hatte, den mächtigen Häuptling von England. Percy hatte um sein Leben gefürchtet und war aus diesem Grund über den Ozean hierher gereist.

Captain Newport schien von Prinzessin Pocahontas sehr beeindruckt zu sein. John-Smith erklärte ihr, dass sie ihn an seine eigenen Töchter auf der anderen Seite des Meeres erinnere.

Nach einer Weile stellte das Mädchen fest, dass Archer und Ratcliffe gar nicht anwesend waren. Sie erfuhr, dass Captain Newport zornig auf die beiden Männer war und daran dachte, sie zu bestrafen. »Er ist ein kluger Mann und ein mächtiger Häuptling«, sagte John-Smith. Jetzt wurde der Prinzessin bewusst, dass sie bereits einige Dinge über die Bärtigen gelernt hatte. Es gab unter ihnen sowohl kluge als auch törichte Häuptlinge, genau wie bei ihrem eigenen Volk.

Da ertönte plötzlich auf dem Deck des Schiffes ein Schrei: »Feuer im Dorf!«

Pocahontas folgte den anderen, die alle hinausstürzten, um über das Wasser zu schauen. Innerhalb der Dorfmauer sah man Flammen aus einem der Reetdächer emporzüngeln.

Rasch füllte sich das kleine Boot mit Männern, die sich beeilten, an Land zu gelangen. Als sie die Hälfte der Strecke zurückgelegt hatten, rief irgendjemand zum Schiff herüber: »Es ist das Vorratshaus! Das Vorratshaus brennt!«

Erst spät in der Nacht fuhr Pocahontas wieder über den Fluss und kehrte ins Dorf zurück. Sie gesellte sich zu den Männern, die bedrückt um einen Berg glühender Asche herumstanden. Das war alles, was vom Vorratshaus und den vielen Lebensmitteln aus England übrig geblieben war.

Ihre Brüder hatten Recht gehabt, dachte Pocahontas. Die weißen Männer im Dorf konnten nicht überleben.

Die Kirche neben dem Vorratshaus war ebenfalls vom Feuer zerstört worden. Pfarrer Hunt kauerte vor den Ruinen und bedeckte sein Gesicht mit den Händen.

In diesem Augenblick, als sie dort in der Dunkelheit vor dem Haufen Asche stand, wurde Pocahontas klar, wie sehr sie sich wünschte, dass Jamestown nicht ausgelöscht würde. Sie wollte, dass die Bärtigen hier blieben und wieder gesund und glücklich wurden. Doch sie wusste auch, dass nur ihr eigenes Volk diese Menschen vor dem Tod retten konnte.

Die freundliche Wächterin

Schon bald war Pocahontas der Pfad zwischen Comoco und Jamestown sehr vertraut. Oft nahm sie bis zu zwölf andere Kinder mit, wenn sie den hungrigen Weißen Nahrungsmittel brachte. Das war eine Aufgabe, die ihr große Freude bereitete.

Sie war sehr glücklich darüber, dass Häuptling Powhatan sein Volk gebeten hatte, mit den Bärtigen Handel zu treiben. Seither hatten sie einen großen Teil der Maisvorräte der Algonkins nach Jamestown gebracht.

Eines Abends lud Häuptling Powhatan seine Tochter zu einem Krebsessen in das große Langhaus ein. Sie war sein einziger Gast, und beide setzten sich mit gekreuzten Beinen auf den Boden, so dass das Essen zwischen ihnen stand. Ihr Vater war in einen neuen Umhang aus Rehleder gehüllt, den seine Tochter mit Halewas Hilfe für ihn genäht hatte.

Pocahontas vermutete, dass es irgendeinen feierlichen Anlass für diese Einladung geben musste. Doch sie sagte kein Wort. Wie es Brauch war, wartete sie ab, bis ihr Vater zuerst das Wort ergriff.

Es war noch gar nicht lange her, seit in diesem Raum große Aufregung geherrscht hatte. John-Smith Nantakod war mit Captain Newport und vielen Soldaten aus Jamestown hier gewesen. Die Bärtigen hatten ihrem Vater und seiner Familie Geschenke gebracht: blaue Perlen, Armreifen aus Kupfer und große Rollen von etwas Rotem, das Samt genannt wurde. Es fühlte sich noch viel weicher an als das feinste Rehleder. Außerdem schenkten die Engländer ihrem Vater einen ganz besonderen Hund - einen Windhund. Er war das schnellste Tier, das Pocahontas je gesehen hatte, und ihr Vater gab ihm den Namen Kint.

Die Prinzessin war sehr überrascht gewesen, dass auch die beiden Jungen dabei waren, die sie in Jamestown gesehen hatte. Einer der beiden, Thomas, sollte hier in Comoco bleiben und König Powhatan und seinem Volk helfen. Auf diese Weise sollte er auch die Bräuche des Indianerstammes kennen lernen. Der andere Junge, Samuel, würde eine Zeit lang in einem anderen Dorf leben, über das Häuptling Powhatan ebenfalls herrschte. Als Gegenleistung gestattete Powhatan seinem Sohn Namontack, als Helfer zu Captain Newport zu gehen. Im Laufe des Abends hatte John-Smith ihr erzählt, dass Namontack vielleicht sogar mit Captain Newport über den großen grauen Ozean segeln würde.

Nun überlegte Pocahontas, was Namontack wohl alles erleben würde, falls er nach England reiste. Sie versuchte sich vorzustellen, wie dieses Land aussah. Ach, wenn sie doch auch mitfahren könnte!

Plötzlich riss die Stimme ihres Vaters sie aus ihren Tagträumen. Sie hatten die Krebse bereits aufgegessen, und er richtete seine ersten Worte an sie: »Kannst du deine eigenen Leute retten, Pocahontas? Kannst du sie retten, so wie du Nantakod gerettet hast?«

»Wie meinst du das, Vater?«

»Die Tassen-tassees haben zehn unserer besten Krieger gefangen genommen«, antwortete er. »Sie werden im Dorf der Weißen festgehalten. Dein Bruder Tatacoope ist einer von ihnen.«

Pocahontas konnte kaum glauben, was sie da hörte.

»Aber weshalb denn?« fragte sie. »Wie konnten die Bärtigen das tun?« Das Gesicht ihres Vaters wurde ernst. »Sie sind zornig auf uns«, erklärte er, »weil wir unser Recht gefordert haben. Ich bin es leid, Mais gegen Kupfer und Perlen einzutauschen. Ich will Schwerter und Gewehre haben. Als die Bärtigen ihre Geschenke brachten, habe ich ihnen gesagt, dass wir von nun an nur noch Schwerter und Gewehre als Bezahlung annehmen werden. Und unsere Krieger haben versucht, sich diese Dinge von den Weißen zu holen.«

Also waren Waffen die Ursache für diesen Konflikt. Pocahontas war sich nicht sicher, ob ihre Freundschaft mit John-Smith ihr in dieser Situation nützen würde. Aber sie wollte es versuchen.

»Ich werde einen Tag lang fasten und zu Ahone beten«, sagte sie. »Und dann werde ich gehen.«

Sie erhob sich und wandte sich dem Ausgang zu. Als sie auf die Tür zutrat, rief ihr Vater ihr nach: »In zwei Tagen werden wir Okewas das Frühlingsopfer darbringen. Ist es richtig, wenn du bei dieser Zeremonie fehlst?«

Pocahontas konnte ein Schaudern nicht unterdrücken. Wieder einmal forderte der Kriegsgott Blut. Augenblicklich erschien vor ihrem inneren Auge ein Bild. Sie sah den schwarz bemalten alten Quiyow, wie er seine Hand ausstreckte und mit seinem Finger auf Lominas deutete. Auf Lominas, ihren Vetter und Freund. Halewa hatte Pocahontas schnell hinter ihrem Rücken verborgen, damit das Mädchen die Opferung nicht mitansehen musste. Doch die Ohren ihrer Tochter hatte sie nicht zugehalten. Niemals würde Pocahontas Lominas' Schreie vergessen – ihres Vetters, der nie wiederkehrte.

Sie spürte, wie die Tränen ihr in die Augen stiegen, als sie sich zu ihrem Vater umdrehte. Er schien in Gedanken versunken und sah sie nicht an. »Nun«, sagte er schließlich, »vielleicht werden wir daran nichts ändern können. Geh, Pocahontas, und tu für unsere Krieger, was du kannst.«

Erleichtert nickte sie und dankte im Stillen dem Schöpfergott dafür, dass ihr Vater seine Meinung geändert hatte und sie dieses Jahr beim Frühlingsopfer nicht dabei sein musste.

Am nächsten Tag ging sie zu ihrem geheimen Platz am

Fluss. Sie setzte sich auf den Boden, zog die Knie an die Brust, umschlang sie mit ihren Armen und stützte ihren Kopf darauf. Von dieser Stelle aus konnte sie dem Otter beim Spielen am Ufer zusehen.

Allmählich wurde es dem kleinen Tier zu warm in der Sonne. Es glitt ins Wasser und zog schwimmend einen Kreis, wobei es eine silbrige Spur hinter sich zurückließ. Übermütig sprang der Otter wieder aus dem Wasser und verpasste Pocahontas eine kühle Dusche, als er sich heftig schüttelte. Anschließend hüpfte er erneut in den Fluss und schwamm eilig fort. Sie konnte durch die Strömung beobachten, wie er sich immer wieder am Grund des Flusses pfeilschnell um sich selbst drehte.

Das Mädchen lachte. »Du willst mich anstiften, mit dir zu spielen, ich weiß«, rief sie, als sein Kopf wieder an der Oberfläche auftauchte. »Und außerdem erinnerst du mich an etwas.«

Der kleine Otter war der König dieses Wasserreiches. Er war der schnellste Schwimmer und der beste Fischer im Fluss. Aber er liebte auch das trockene Land. Dort sonnte er sich im Frühling und Sommer, und im Winter tollte er im Schnee.

»Du bist in zwei verschiedenen Welten zu Hause«, sagte Pocahontas. »Und ich fühle mich auch so, als würde ich in zwei verschiedenen Welten leben.«

Einen Tag später trat sie auf die nun schon so vertraute Lichtung hinaus, die rund um Jamestown aus dem Wald geschlagen worden war. Der Mann, der auf dem Aussichtsturm Wache hielt, winkte ihr zum Gruß zu. »Es ist Pocahontas!«, rief er den anderen innerhalb der Mauer fröhlich zu.

Wie gewöhnlich kam ihr älterer Bruder ihr am Tor entgegen. Während sie zusammen ins Dorf gingen, blickte das Mädchen auf das Gebäude, das die Bärtigen Gefängnis nannten. Sie wusste, dass ihre Stammesgenossen sich dort drin befinden mussten. Vor der Tür standen zwei Wächter mit Gewehren in den Händen.

An diesem Abend setzten sie sich in John-Smiths Haus an einen kleinen Tisch. Pfarrer Hunt und Percy waren bei ihnen.

Pocahontas neigte ihren Kopf, während der Medizinmann ein Dankgebet zu seinem Schöpfergott sprach. Auch die Prinzessin betete im Stillen und es war ihr sehr wichtig. Wenn ihre Mission, die Algonkins zu befreien, keinen Erfolg hatte, würde sicherlich ein Angriff auf Jamestown stattfinden. Dann würden viele Menschen sterben.

Anmutig hielt sie einen Löffel aus Metall in der Hand und aß damit, wie sie es von den Bärtigen gelernt hatte. Heute Abend gab es Muschelsuppe.

Von den drei Männern erfuhr sie, was seit ihrem letzten Besuch alles geschehen war. Captain Newport war wieder über den großen grauen Ozean gesegelt, und ihr Halbbruder Namontack hatte ihn begleitet. Außerdem hatte Captain Newport den schwächlichen Archer mitgenommen. Der frühere Häuptling sollte in England bleiben, während Captain Newport so bald wie möglich wieder nach Jamestown zurückkehren wollte. Der aufgeblasene Ratcliffe befand sich immer noch im Dorf der Weißen, doch die Männer betrachteten inzwischen John-Smith als ihren Anführer.

Das waren gute Neuigkeiten. Wenn ihr eigener älterer Bruder tatsächlich der Häuptling von Jamestown war, würde es ihr vielleicht gelingen, ihren Auftrag zu erfüllen.

»Du weißt ja«, bemerkte John-Smith, »dass Ratcliffe immer sehr streng gewesen ist. Letztes Jahr hat er einen Mann zum Tode verurteilt, weil er aus dem Lagerhaus etwas zu essen gestohlen hatte. Aber natürlich muss Stehlen immer streng bestraft werden.« Er sah Pocahontas an, während er das sagte.

Die Männer redeten weiter. Als schließlich alle still waren, erhob Pocahontas ihre Stimme.

»Mein älterer Bruder und mein Freund, du weißt sicher, dass mein Vater mich geschickt hat.«

»Ja«, antwortete er. »Ich kann mir denken, dass Häuptling Powhatan dich geschickt hat, um für die Gefangenen zu bitten.«

»Sie sind von meinem Stamm«, erklärte sie, »und unter ihnen befindet sich auch mein Bruder.«

»Sie haben gestohlen«, erwiderte John-Smith. »Was würde dein Vater sagen, wenn wir nach Comoco kämen und versuchen würden, seine Keulen und Pfeile und Bogen wegzunehmen?«

Ihre Antwort war prompt und ehrlich: »Er würde sagen, dass ihr den Tod verdient hättet.« Danach machte sie eine Pause und wählte ihre Worte sehr sorgfältig. »Aber ich bin gekommen, um dich um Gnade anzuflehen, älterer Bruder.«

Es dauerte lange, bis John-Smith antwortete: »Ich war auch einmal ein Gefangener«, sagte er dann. Auf seiner Stirn standen ernste Falten. »Und ich hatte eine freundliche Wächterin. Sie kümmerte sich um mich und lehrte mich die Bräuche ihres Volkes. Wenn ich diese Wächterin wiederfinden könnte, würde ich sie bitten, auf unsere Gefangenen zu achten. Dann müssten unsere Soldaten das Gefängnis nicht mehr bewachen.«

Pocahontas war verwirrt. Doch dann bemerkte sie, dass seine blauen Augen funkelten.

»Pocahontas, ich schulde dir mein Leben«, fuhr ihr älterer Bruder fort. »Ich kann dir deine Bitte nicht abschlagen und muss dir die Freiheit der Algonkin-Krieger gewähren. Aber wenn du diese Männer zu deinem Vater bringst, musst du eine freundliche und kluge Wächterin sein. Du musst dafür sorgen, dass sie nie wieder denselben Fehler machen. Wir können nicht zulassen, dass man uns bestiehlt.«

»Sag deinem Vater«, fügte er hinzu, »dass John-Smith Nantakod zu seinem Wort steht. Berichte ihm, dass ich meiner Adoption die gebührende Ehre erweisen werde, indem ich die Krieger von Häuptling Powhatan unverletzt freilasse.«

Der kommende Tag war für die weißen Männer ein Ruhetag. Daher erklärte John-Smith, dass er die Gefangenen an diesem Tag nicht freilassen würde. In der neu errichteten Kirche läutete die Glocke, und die Bärtigen hielten eine Zusammenkunft ab. Pocahontas blieb in der Nähe der Tür. Sie liebte die wunderbaren Lieder, die aus dem beeindruckenden Gebäude nach außen drangen.

Am Morgen darauf verließ sie Jamestown mit den zehn Algonkin-Kriegern. Alle waren gesund und unverletzt. Tatacoope sah wütend aus. Pocahontas konnte sich denken, dass es ihm peinlich war, von seiner kleinen Schwester gerettet zu werden.

Als sie sich Comoco näherten, liefen die Dorfbewohner ihnen entgegen. Die Prinzessin wurde auf die Schultern des größten Kriegers gehoben, und der ganze Stamm jubelte.

Sogar Powhatan kam heraus und begrüßte sie. »Das hast du sehr gut gemacht, Pocahontas«, lobte er.

Nachdem sich alle wieder an ihre Arbeit begeben hatten, ging Pocahontas zu ihrem Wigwam. Ihre Mutter war dort mit ihrem kleinen Bruder, der auf seiner Matte schlief.

»Sieh mal, Mutter«, flüsterte Pocahontas, »ich habe dir ein besonderes Geschenk von John-Smith mitgebracht.« Sie streckte ihrer Mutter einen Spiegel entgegen.

Halewa lächelte einen Augenblick lang, während sie das Geschenk in Empfang nahm. Doch gleich darauf wurde ihr Gesicht wieder traurig.

Da stellte Pocahontas die furchtbare Frage, die sie nicht unterdrücken konnte. »Wer wurde diesmal in der Dunklen Zeremonie ausgewählt?«

»Der Sohn von Dawinta«, antwortete die Mutter.

Pocahontas unterdrückte einen Aufschrei des Entsetzens. »Aber er war doch noch ganz klein!«

Behutsam strich Halewa über den Rücken ihres schlafenden Kindes. »Ja«, sagte sie dann. »Er war noch ein Baby.«

Fieberzeit

Parahunt und Pocahontas gingen den Pfad entlang, der von Comoco durch den Wald nach Jamestown führte. Es war die Zeit des Donnermondes, die die Weißen »Juli« nannten.

Zu Hause in Comoco war der Mais hoch aufgeschossen. Heute war Kahnessa an der Reihe, Vögel und andere kleine Tiere von dem Getreide fernzuhalten. Als Parahunt seiner kleinen Schwester erzählt hatte, dass er nach Jamestown gehen und Nantakod zeigen wolle, wie man den Stör mit einem Speer fing, hatte sie sich ihm mit Begeisterung angeschlossen. Pocahontas freute sich, dass sie noch einmal mit Parahunt zusammen sein konnte, denn er würde Comoco schon bald verlassen. Dann würde er Häuptling in einem Algonkin-Dorf auf der anderen Seite von Jamestown sein.

Zudem war die Prinzessin glücklich darüber, dass Parahunt – im Gegensatz zu ihrem Bruder Tatacoope – ihren eigenen Wunsch zu teilen schien, mehr von den weißen Männern zu lernen. Auch die Tassen-tassees bemühten sich, die Jagdgewohnheiten der Indianer zu übernehmen. »Manche Bärtige sind gut«, hatte Parahunt erklärt. »Ich mag Nantakod.«

Als die beiden Geschwister sich Jamestown näherten, stellte Pocahontas voller Freude fest, wie üppig die Felder rings um die Dorfmauer gediehen. Sie selbst und ihre Schwester Kahnessa hatten den Weißen dabei geholfen, mehrere Reihen Mais und Bohnen zu pflanzen. Außerdem hatten sie ihnen gezeigt, wie man die kleinen Erdhäufchen für Kürbisse und Melonen anlegen musste. Pocahontas erschien das rasch wachsende Getreide wie ein Bild für ihr wachsendes Wissen über die Sitten und Bräuche der weißen Männer. Inzwischen verstand sie die englischen Worte sehr gut und konnte sich mit allen Bärtigen unterhalten.

Jetzt gingen Parahunt und seine Schwester am Friedhof der Weißen vorbei, einer Wiese neben dem Maisfeld, auf der sich mehr hölzerne Kreuze befanden, als Pocahontas im Vorübergehen zählen konnte. Manche standen auf frisch aufgeworfenen Erdhügeln. Der Donnermond brachte Krankheit, Fieber und Tod - ganz besonders hier im Flachland.

Es dauerte nicht lange, bis Parahunt John-Smith gefunden und ihm von dem mächtigen Stör erzählt hatte. Als die beiden sich auf den Weg machten, sagte John-Smith zu Pocahontas: »Vielleicht möchtest du Pfarrer Hunt besuchen. Ich mache mir Sorgen um ihn, es geht ihm nicht gut.«

Sofort lief die Prinzessin zur Kirche hinüber und betrat das Gebäude. An einem Ende des Raumes war ein kleines Glasfenster, das Captain Newport den Männern in Jamestown geschenkt hatte. Im Sonnenlicht leuchteten die Scheiben rot und blau. Das schöne farbige Licht hatte den Ort zu Pocahontas' Lieblingsplatz in Jamestown gemacht.

Pfarrer Hunt lag auf einem schmalen Bett in einem Nebenzimmer der Kirche. Als das Mädchen den Raum betrat, hob er den Kopf und lächelte schwach. »Willkommen, mein Kind«, sagte er.

Vorsichtig nahm sie seine große Männerhand, die zitterte und sich ganz heiß anfühlte.

Pfarrer Hunt hatte große Mühe zu sprechen. »Es hat keine Auseinandersetzungen zwischen deinem und unserem Volk mehr gegeben, seit du die gefangenen Krieger nach Hause gebracht hast, nicht wahr?«, meinte er.

»Nein«, antwortete Pocahontas. »Jetzt herrscht Friede.«

»Das hast du sehr gut gemacht, mein Kind. Du bist eine Friedensstifterin. Und es heißt: ›Selig sind die Friedensstifter‹.«

»Selig?«, fragte sie. »Was bedeutet das?«

Er lächelte. »Es bedeutet glücklich. Glücklich sind die Friedensstifter. Das hat Jesus uns gelehrt.«

»Ich habe dich schon oft von diesem Jesus sprechen hören«, erwiderte sie. »Wer ist er?«

»Er ist der Sohn von Ahone. Der Schöpfergott hat seinen eigenen Sohn in diese Welt geschickt, um die Macht des Bösen zu besiegen.«

»Hat er mit Okewas gekämpft?«, wollte die Prinzessin wissen.

»Ja, auf seine eigene Weise. Jesus ließ zu, dass der Böse ihn tötete. Denn Jesus, der Sohn von Ahone, war das vollkommene Opfer. Mit seinem eigenen Blut hat er für unser Leben bezahlt. Wir nennen das: Er hat uns erlöst.

Es ist genau dasselbe wie das, was du getan hast, Pocahontas. Captain Smith hat uns berichtet, wie du deinen eigenen Kopf auf seinen gelegt hast, um ihn vor dem Tod zu retten. Das hat Jesus für uns getan. Er hat sich zwischen uns und den Bösen gestellt, damit der Böse uns nicht angreifen kann.«

Pfarrer Hunt schloss die Augen und atmete schwer. Das Mädchen konnte sehen, wie viel Kraft es ihn gekostet hatte, ihr diese Dinge zu erklären. Behutsam hielt sie seine Hand in ihren eigenen beiden Händen und versuchte, ihre Kraft und Gesundheit in ihn hineinfließen zu lassen. Er sollte ihr noch mehr erklären.

Nach einer Weile sah er sie an und nickte. »Ich – ich werde dir noch mehr erzählen, mein Kind. Es gibt noch so vieles, was ich dir sagen muss. Die Geschichte von Jesus hört nicht mit seinem Tod auf ...« Jetzt konnte der Pfarrer nicht mehr weitersprechen. Er schloss seine Augen wieder und drehte den Kopf zur Seite.

Pocahontas war sehr besorgt.

Sie verließ sein Bett und trat aus der Kirche in die brennend heiße Luft des Donnermonds hinaus.

Drei Tage später stand sie bei Sonnenaufgang neben Parahunt und John-Smith, während Pfarrer Hunts Körper in ein frisches Grab hinuntergelassen wurde. Nun würde auch er auf der Wiese neben dem Maisfeld ruhen. Die Prinzessin klagte nicht laut, wie ihre Stammesgenossen es taten, wenn jemand begraben wurde. Ruhig und gefasst stand sie da, doch über ihre Wangen liefen Tränen. Wer würde ihr den Schluss der Geschichte erzählen, mit der Pfarrer Hunt begonnen hatte?

Den ganzen Sommer hindurch besuchte Pocahontas das Dorf Jamestown. Bis das Getreide geerntet war, bekamen die Bärtigen von der Prinzessin und ihren Schwestern regelmäßig Mais geschenkt. Außerdem brachten die Mädchen den Weißen Kräuter und Medizin. Sie pflegten sogar die fieberkranken Tassen-tassees.

Ab und zu hörte Pocahontas, wie die Männer sie mit einem anderen Namen riefen. Es war ein merkwürdiges Wort.

»Wie nennen die anderen Männer mich?«, fragte sie eines Tages John-Smith.

»Sie haben dir den Namen Nonpareil gegeben«, antwortete er. »Es ist ein französisches Wort. Es gehört zu einer anderen Sprache, die von einem benachbarten Volk gesprochen wird. Und es bedeutet, dass du unvergleichlich bist. Es gibt niemanden, der sich mit deiner Anmut und deiner Tapferkeit messen kann. Niemand ist wie Prinzessin Pocahontas!«

Eine unerwünschte Krone

Es war noch vor Tagesanbruch, als Pocahontas von jemandem wachgerüttelt wurde. Mühsam öffnete sie die Augen. Da erblickte sie Kahnessa, die sie schüttelte und dabei flüsterte: »Wach auf, Matoaka!«

»Was ist denn los?«

»Dein kleiner Otter ist in Gefahr«, antwortete ihre ältere Schwester. »Komm schnell!«

Geräuschlos schlüpfte Pocahontas zum Wigwam hinaus und eilte mit ihrer Schwester den ausgetretenen Pfad zum Fluss hinunter. Der erste Vollmond in diesem Herbst schien durch die Baumkronen und tupfte kleine Lichtflecke auf den Boden.

»Ich konnte nicht schlafen«, berichtete Kahnessa. »Deshalb bin ich zum Fluss gegangen. Und dort habe ich gesehen, was der kleine Otter getan hat.«

Das Mondlicht erleuchtete den Fluss. Kahnessa deutete auf die Fischfallen. Erst gestern hatte Tatacoope an dieser Stelle mehrere neue Korbfallen befestigt, und Pocahontas konnte sich denken, wie sehr er sich auf seinen allerersten Fang an diesem Morgen freute.

Rasch trat sie noch ein Stück näher heran. Die neuen Fallen waren geplündert worden, kein Zweifel. Jemand hatte die Körbe aufgerissen und zerstört, und die Fische waren fort.

»Aber woher willst du wissen, dass der kleine Otter das getan hat?«, rief Pocahontas bestürzt. »Er fängt sich doch selber Fische!«

»Ich habe ihn dabei beobachtet«, erklärte Kahnessa. »Ich selbst habe ihn vertrieben. Ist das nicht schrecklich? Nun wird Tatacoope den kleinen Otter fangen und töten wollen.«

Pocahontas setzte sich auf den Boden und zwang sich,

scharf nachzudenken. Einige Glühwürmchen schwirrten um ihren Kopf und schimmerten grünlich. »Nein«, entschied sie schließlich. »Ich werde ihn fortbringen – ganz weit fort. Du musst Tatacoope erzählen, dass du ihn mit Steinen den Fluss hinaufgejagt hast. Und sag unserer Mutter, dass ich aus Kummer um den kleinen Otter nach Jamestown gelaufen bin, um meine Freunde zu besuchen.«

»Aber wohin wirst du ihn bringen?«

»Ich werde zum Dorf auf der anderen Seite von Jamestown gehen, in dem Parahunt jetzt Häuptling ist. Dort werde ich den kleinen Otter im Fluss aussetzen.«

Dann stand Pocahontas auf und erklärte: »Ich muss mich sofort auf den Weg machen.«

Sie ging am Fluss entlang und pfiff nach ihrem Lieblingstier. Einen Augenblick später hörte sie ihn antworten. Als er aus dem Wasser hüpfte und sich spielerisch auf ihre Füße warf, schimpfte sie mit ihm, halb ärgerlich, halb traurig. Anschließend nahm sie ihn in ihre Arme.

»Ich muss dich fortschicken, kleiner Otter«, flüsterte sie. »Du musst ein neues Leben beginnen. Vielleicht findest du sogar eine Partnerin.«

Danach trug sie das Tier zu dem Kanu, das Parahunt ihr überlassen hatte. Inzwischen konnte sie mit einem Boot genauso geschickt umgehen wie die Brüder. Der kleine Otter sprang in den Bug des Kanus und sie stieß vom Ufer ab.

Die Sonne stand bereits hoch am Himmel, als Pocahontas in Parahunts Dorf eintraf. Ihr Bruder begrüßte sie herzlich und stellte ihr seine neue Frau vor. Dann ging er mit seiner Schwester zum Fluss hinunter, um den kleinen Otter freizulassen.

Pocahontas ließ ihn von ihren Armen in das Wasser springen, das nun sein neues Zuhause sein würde. Parahunt lachte, als das Tier kleine Kreise zog, anschließend untertauchte und sich unterhalb der Wasseroberfläche immer wieder um seine eigene Achse drehte.

»Er wird hier glücklich sein, genauso wie ich«, meinte der Häuptling.

»Deine Frau ist wunderbar«, antwortete Pocahontas. »Aber sie sieht sehr jung aus.«

»Sie ist nur zwei Sommer älter als du«, erwiderte er. »Es wird auch nicht mehr lange dauern, kleine Schwester, bis unser Vater dafür sorgen wird, dass du mit einem großen Krieger aus einem anderen Stamm verlobt wirst.«

»Aber ich bin seine Lieblingstochter. Vater hat gesagt, dass ich eine Medizinfrau sein und mein eigenes Dorf leiten werde.«

Parahunt lächelte. »Ja, das wird geschehen. Aber unser Vater möchte auch, dass du dazu beiträgst, sein Reich mächtig zu erhalten. Das kannst du am besten tun, wenn du den Krieger heiratest, den er für dich aussucht.«

Diese beunruhigenden Worte blieben der Prinzessin im Gedächtnis haften, als sie am nächsten Tag nach Jamestown paddelte. Doch beim Anblick des Dorfes hob sich ihre Stimmung ein wenig, und so beschloss sie, ein paar Tage hier bei ihren Freunden zu bleiben.

Im Schatten des Aussichtsturms fand sie John-Smith, der mit seiner Schreibfeder winzige Zeichen in ein kleines Buch malte. Er nannte es sein Tagebuch. Sein Gesicht sah ganz sonnenverbrannt aus.

»Kleine Schwester!«, rief er zur Begrüßung. »Ich habe Abenteuer erlebt, von denen ich dir erzählen muss!« Er rollte seinen Ärmel hoch, um ihr eine große, frische Narbe an seinem Arm zu zeigen.

»Was ist passiert?«, wollte das Mädchen wissen.

»Percy und ich sind in dem Boot, das wir gebaut haben, losgefahren, um die Küste zu erkunden. Wir trafen andere

Stämme – die Rappahannocks und Suskehanna. Sie nahmen uns zum Fischen auf ihrem Fluss mit. Wir fingen etwas ganz Großes, und als ich meine Hand ausstreckte, um den Fisch zu packen, stach er mich mit seinem Schwanz. Es war ein Stachelrochen!«

Pocahontas schlug vor Entsetzen die Hand vor den Mund. Sie hatte schon viel von diesen riesigen Fischen gehört.

»Ich dachte, ich würde sterben«, fuhr John-Smith fort. »Mein Arm schwoll an und wurde ganz rot. Und er brannte wie Feuer. Ich sagte zu den Männern, sie sollten mein Grab ausheben, und legte mich dann daneben auf die Erde. Aber nach einer Weile verschwand das Fieber, und die Männer trugen mich zum Boot, damit ich mich ausruhen konnte. Und am selben Abend aß ich ein Stück von diesem seltsamen Fisch!« Er lachte fröhlich, und Pocahontas stimmte erleichtert in das Gelächter ein.

Am nächsten Tag kehrte Captain Newports Schiff von seiner Reise nach England zurück. Glücklich umarmte Pocahontas ihren Halbbruder Namontack und überschüttete ihn mit einer Flut von Fragen. Er hatte viele merkwürdige und wunderbare Dinge vom Land der weißen Männer zu erzählen.

Captain Newport brachte die ersten weißen Frauen mit, die Pocahontas je gesehen hatte. Voller Erstaunen stellte sie fest, dass John-Smith die Wahrheit gesagt hatte, als er ihr von den englischen Frauen erzählt hatte und von ihren Röcken, die am Boden breiter waren als ein Türeingang! Rasch freundete sich die Prinzessin mit den Frauen und einem neuen Jungen namens Henry an. Henrys gelbes Haar war so hell, dass es schon fast weiß schien. Er war schüchtern und still, aber nachdem Pocahontas vor seinen Augen Rad geschlagen hatte, lächelte er und begann zu erzählen.

An diesem Abend war die Prinzessin mit mehreren anderen Gästen aus Jamestown zu einem Abendessen auf Captain Newports Schiff eingeladen. Er zeigte sich erstaunt darüber, wie viel Englisch sie während seiner Abwesenheit gelernt hatte.

Nach dem Essen zog der Captain ein Stück Papier aus seiner Tasche und gab es John-Smith. Der ältere Bruder machte ein finsteres Gesicht, während er die Botschaft las. Dann warf er das Papier auf den Boden. Pocahontas fragte sich, was seinen Ärger wohl verursacht hatte.

»Das wird mehr Schaden als Nutzen nach sich ziehen«, brummte er.

»Ich fürchte, Sie haben Recht«, antwortete Captain Newport ruhig. »Aber es ist unsere Pflicht.«

Er sah Pocahontas an. »Mein Kind, wir haben eine Botschaft für dich, die du mit nach Hause nehmen sollst. Der König von England hat uns Geschenke für deinen Vater mitgegeben. Und er möchte den großen Häuptling Powhatan dadurch ehren, dass er ihn zum König des ganzen Chesapeake krönen lässt.«

»Was für eine törichte Idee!«, rief John-Smith und schlug mit der Faust auf den Tisch. Pocahontas war überzeugt, dass Häuptling Powhatan ihm beipflichten würde.

Acht Tage später saß die Prinzessin an einem stürmischen Morgen mit ihrem Vater und seinen führenden Kriegern im großen Langhaus von Comoco. Da erschien ein Läufer, vom Regen völlig durchnässt. Er brachte die Nachricht, dass die Engländer aus Jamestown zu ihnen unterwegs seien, um die Krönungszeremonie durchzuführen.

Seit Pocahontas die Botschaft vom König von England ausgerichtet hatte, hatten sich alle in Comoco immer wieder dieselbe Frage gestellt: Wie konnte Powhatan zum König gekrönt werden, wenn er bereits König war?

Heftige Regenschauer trommelten auf das Dach des Langhauses. Es war die Jahreszeit der gefährlichen Winde vom großen grauen Ozean her, die die schlimmsten Stürme des ganzen Jahres verursachten. Im Dorf waren schon alle Decken aus Rinde und Leder, die nicht richtig befestigt gewesen waren, von den Wigwams geweht worden. Im Wald brachen die Äste der Bäume ab und krachten zu Boden.

»Ich glaube nicht, dass die Bärtigen es bis hierher schaffen werden«, meinte Tatacoope. »Bestimmt wird dieser Sturm sie vernichten, und ihr Dorf ebenfalls.«

Am Nachmittag wurde der Wind schwächer. Und am nächsten Tag trafen die Engländer schließlich ein. Manche kamen durch den Wald und andere waren mit Captain Newports Schiff den Fluss hinaufgesegelt. Obwohl sie sich immer noch über die Bedeutung dieser Zeremonie den Kopf zerbrachen, bewirteten Pocahontas und alle anderen Bewohner von Comoco ihre Gäste. Die Prinzessin bot ihren Freunden Pflaumen und geröstete Kürbiskerne an.

Die große Zeremonie begann, als ein englischer Soldat in ein glänzendes Horn aus Metall blies, das Trompete genannt wurde. Durch das laute Geräusch wurden alle Stammesmitglieder vor dem Langhaus zusammengerufen.

Captain Newports Männer trugen nun ihr größtes Geschenk für Häuptling Powhatan nach vorn: Es war ein Bett wie die Schlafstellen, die Pocahontas in den Häusern von Jamestown gesehen hatte. Doch dieses besaß Vorhänge, die mit goldenem Garn bestickt waren, und der Rahmen bestand aus glänzendem geschnitztem Holz. Die Prinzessin wusste, dass die Matratze vermutlich mit Federn gefüllt war. Als das Bett vorbeigetragen wurde, hüpfte einer ihrer jüngeren Halbbrüder auf die Matratze und federte auf und ab. Das brachte die Engländer und auch die Algonkins zum Lachen. Pocahontas hätte sich auch gerne auf die Matratze fallen lassen, aber sie war schließlich eine Prinzessin – und ein solcher Unfug unter ihrer Würde.

Anschließend holte Captain Newport einen langen dunkelroten Umhang hervor. »Er hat einst König James selbst gehört«, erklärte er.

Pocahontas übersetzte diese Mitteilung für ihren Vater in die Sprache der Algonkins. Doch der Häuptling schwieg, während Captain Newport ihm das Gewand um die Schultern legte.

Jetzt traten noch mehr Soldaten vor Häuptling Powhatan. Einer von ihnen hielt ein gefaltetes Tuch aus dunkelrotem Samt auf seinen Händen. Auf dem Tuch ruhte eine silberne Krone. Nun hob Captain Newport die Krone hoch und zwei der Soldaten stellten sich neben den Häuptling und seine Tochter.

Captain Newport streckte die Krone nach vorn. Dann sagte er zu Pocahontas: »Bitte deinen Vater niederzuknien.«

Das Mädchen übersetzte die Worte für ihren Vater. Er blickte sie nur voller Abscheu an. »Ich habe noch niemals meine Knie vor irgendjemandem gebeugt«, sagte er gefährlich leise.

»Vielleicht könntest du es nur dieses eine Mal tun, Vater?«

»Nein!«, donnerte er.

Pocahontas konnte erkennen, wie sich auf den Gesichtern der beiden Soldaten ängstliche Ungeduld zeigte.

»Diese weißen Männer sind nicht so groß wie du«, sagte sie zu Häuptling Powhatan. »Könntest du deinen Kopf nicht ein wenig nach vorn neigen, Vater, damit sie dir die Krone besser aufsetzen können?«

»Aber mir liegt nichts an dieser Krone«, entgegnete er. »Ich bin der mächtige Powhatan, der Herrscher über den Chesapeake!«

Plötzlich packte einer der Soldaten von hinten die Schultern des Häuptlings und beugte seinen Kopf nach vorne. Sofort drückte Captain Newport ihm die Krone auf den Kopf.

Furchtsam trat Pocahontas zurück. Nicht einmal seine eigenen Krieger würden es jemals wagen, Hand an den großen Powhatan zu legen! Doch bevor ihr Vater Zeit hatte, darauf zu reagieren, schwenkte ein anderer weißer Soldat eine Fahne. Mit diesem Signal ertönte von der Kanone auf dem Schiff ein ohrenbetäubendes Krachen.

Powhatan zuckte zusammen, als hätte ihn ein Schuss getroffen. Aber als er sah, dass niemand verletzt worden war, biss er die Zähne zusammen, richtete sich auf und fand seine würdevolle Haltung wieder. Sein Gesicht hatte einen ernsten und finsteren Ausdruck, doch er sagte nichts.

Erleichtert atmete die Prinzessin auf. Endlich war diese peinliche Zeremonie vorüber.

Als die Engländer sich wieder auf den Heimweg machten, versprach Pocahontas ihrem älteren Bruder, dass sie bald wieder nach Jamestown kommen würde. »Es dauert nicht mehr lange, bis die kälteste Jahreszeit da ist«, fügte sie hinzu. »Dann werde ich so oft nach Jamestown kommen, wie ich kann, und sehen, wie es euch geht.«

Bevor die Abenddämmerung anbrach, wurde die Prinzessin in das große Langhaus gerufen. Dort saß ihr Vater auf seinem Thron. Auf seinem Gesicht lag immer noch der steinerne Ausdruck, den sie am Ende der Zeremonie gesehen hatte.

Pocahontas trat vor ihn.

»Pocahontas«, sagte er ernst, »du wirst nicht mehr zu dem Dorf der Bärtigen gehen, um sie zu besuchen. Sie sind törichte Männer, die törichte Dinge tun.

Meine Tochter, du bist kein Kind mehr, und du darfst nicht mehr so sorglos umherstreifen. Es gibt neue Dinge, die du lernen musst. Du wirst jetzt keine Zeit mehr für die weißen Männer haben.

Ich verbiete dir, jemals wieder zu den Tassen-tassees zu gehen. Falls du es doch tust, werde ich das als Verrat betrachten. Wenn du mir nicht gehorchst, werde ich dich für immer aus meiner Gegenwart verbannen.«

Nächtlicher Schrecken

In diesem Herbst bliesen die gefährlichen Winde doppelt so stark wie sonst. Mehrmals am Tag stürmte es heftig. Auch der Regen peitschte schlimmer, als es selbst die Ältesten in Comoco je zuvor erlebt hatten.

Im Stillen fragte sich Pocahontas, wie Jamestown diese Unwetter wohl überstand.

Der Quiyow tanzte wieder klagend durchs Dorf. Okewas sei zornig, erklärte er, und das sei die Ursache für diese gewaltigen Stürme.

An einem kalten und windigen Tag kam Tatacoope von der Küste zurück. In Jamestown seien weitere Schiffe gesichtet worden, berichtete er. Noch mehr Bärtige seien angekommen. Pocahontas ließ sich nicht anmerken, wie froh sie über diese Nachricht war.

Doch am selben Abend hörte sie im großen Langhaus den Quiyow eine kreischende Warnung ausstoßen: Falls man die Bärtigen nicht bald vertriebe, würde Okewas in der Dunklen Zeremonie noch mehr Opfer fordern. Diese Worte ließen Pocahontas mehr zittern als die eiskalten Stürme, die draußen wüteten.

Im Laufe des Winters erfuhr die Prinzessin von den Spähern ihres Vaters weitere Neuigkeiten. Die Bärtigen besuchten alle Dörfer des Chesapeake, um mit den Indianern Geschäfte zu machen. Aber Häuptling Powhatan hatte inzwischen jeden Handel mit den Tassen-tassees verboten.

In einem der Dörfer hatten die Indianer Kupfer und Perlen von John-Smith und seinen Männern angenommen, ihnen jedoch keinen Mais als Gegenleistung gegeben. Also hatte Nantakod eines ihrer Langhäuser in Brand gesteckt.

Mein älterer Bruder scheint allmählich zu verzweifeln, dachte Pocahontas. Sie sehnte sich danach, ihren Freunden in Jamestown Geschenke zu bringen.

Eines Morgens beobachtete sie, wie ihr Vater dem weißen Jungen namens Thomas, den Captain Newport ihm als Helfer überlassen hatte, Anweisungen gab. Thomas war in einen Mantel aus Kaninchenfell gehüllt. Er nickte und verließ rasch das Dorf.

Drei Tage später saßen Kahnessa und Pocahontas unter einigen Felldecken aneinander gekauert in der Nähe des wärmenden Feuers. Pocahontas hatte noch niemals eine solche Kälte am Anfang eines Winters erlebt. Sogar der Fluss war schon fast zugefroren. Die Prinzessin war nur froh, dass der Quiyow nicht laut klagend durchs Dorf tanzte und den Bärtigen auch dafür die Schuld gab.

Plötzlich blickte sie vom Feuer auf und sah Thomas zurückkehren. Er wurde von mehreren Bärtigen begleitet. Sie hatten Werkzeuge, lange Holzstücke und sogar Fensterglas bei sich.

Eilig verließ Pocahontas das behagliche Feuer und lief zu Thomas hinüber. »Was hat das alles zu bedeuten?«, fragte sie ihn.

Er erklärte ihr, dass er mit einer Botschaft nach Jamestown gegangen sei. Häuptling Powhatan sei jetzt bereit, Handel zu treiben. Er habe die Bärtigen gebeten, ihm hier in Comoco ein englisches Haus zu bauen. Sobald das neue Haus fertig sei, würde er ihnen eine Bootsladung Mais dafür geben.

»Captain Smith wird also schon bald mit einem Boot den Fluss hinaufkommen«, fügte Thomas hinzu, bevor er fortlief, um Häuptling Powhatan Bericht zu erstatten.

Pocahontas runzelte die Stirn. Irgendetwas war merkwürdig bei diesem Handel, und wenn sie auch nicht wusste, was es war, so war sie doch beunruhigt.

Während der nächsten beiden Tage sah sie zu, wie die weißen Männer an dem Haus arbeiteten. Es erschien ihr nicht so prächtig wie die Häuser in Jamestown, doch sie hoffte, ihr Vater würde zufrieden sein.

Am dritten Tag wurde auf dem fast völlig zugefrorenen Fluss ein großes Boot gesichtet. Es steckte offensichtlich im Eis fest. Die Dorfbewohner säumten das Flussufer, um keine Einzelheit zu verpassen. Und tatsächlich kamen kurz darauf die Bärtigen ans Ufer gewatet, wobei ihnen das Wasser fast bis zur Brust reichte.

Sofort bauten die Dorfbewohner am Flussufer eine Unterkunft aus Stangen und Ästen für die vor Kälte zitternden Männer. Darin zündeten sie ein Feuer an und gaben den Weißen Fleisch. Pocahontas hielt sich strikt an den Befehl ihres Vaters und blieb von ihren Freunden fern.

Als die Dunkelheit hereinbrach, ließ Häuptling Powhatan seine Lieblingstochter zu sich kommen. Er bat Pocahontas, zu der Unterkunft zu gehen und John-Smith in sein großes Langhaus einzuladen. Außerdem gestattete er ihr, an dieser Zusammenkunft teilzunehmen. Sie dürfe allerdings kein Wort sprechen.

Nachdem sie sich zum Gehen gewandt hatte, rief Powhatan nochmals ihren Namen.

»Ja, Vater?«

»Dies ist das einzige Mal, dass ich dir erlaube, zu den Tassen-tassees zu gehen. Du darfst es dann nie wieder tun. Verstehst du mich?«

»Ja, Vater.«

Pocahontas ging zu der Hütte hinunter und brachte John-Smith zurück, ohne ein Wort mit ihm zu reden.

Sofort eröffnete Häuptling Powhatan die Unterredung, indem er eine unerwartete Frage an Nantakod richtete: »Weshalb bist du zu uns gekommen?«

»Ich bin gekommen, weil du nach uns geschickt hast«, antwortete John-Smith. »Meine Männer bauen für dich ein englisches Haus, und jetzt haben wir unser Boot hierher gebracht, um den Mais mitzunehmen, den du uns als Gegenleistung versprochen hast.«

Powhatan lachte. »Ich habe kein solches Angebot gemacht. Wenn ihr unseren Mais haben wollt, müsst ihr dafür bezahlen. Ein Schwert oder ein Gewehr für jeden Korb voll Mais.«

Pocahontas sah, wie sich die Miene ihres älteren Bruders verhärtete. »Großer Häuptling«, sagte er, »ich habe dir gesagt, dass wir keine Schwerter oder Gewehre übrig haben.«

»Jeder von euren Männern besitzt ein Schwert oder ein Gewehr«, widersprach Powhatan. »Ich werde euch nicht länger erlauben, sie hier in Comoco bei euch zu tragen. Ihr müsst sie mir geben.«

John-Smiths Stimme wurde lauter. »*Ich* bitte eure Krieger niemals, mir ihre Bogen, Pfeile und Speere zu übergeben, wenn sie nach Jamestown kommen!«

»Gebt mir die Waffen«, befahl Powhatan, »sonst müsst ihr alle heute Abend über das Eis zu eurem Boot zurückkehren.«

Pocahontas war fest davon überzeugt, dass John-Smith diesen Forderungen niemals nachgeben würde. Aber sicher wusste ihr Vater das auch. Weshalb setzte Powhatan diese Auseinandersetzung fort? Was bezweckte er damit?

Nun stand der Häuptling auf. »Ich werde euch morgen noch ein wenig Mais leihen«, verkündete er. »Aber ihr seid mir dafür etwas schuldig.« Bevor John-Smith darauf antworten konnte, verließ Powhatan das Langhaus.

In ihrem Wigwam lag die Prinzessin die ganze Nacht wach. Die Sorge um die Sicherheit ihrer Freunde wich nicht aus ihren Gedanken. Aber wie konnte sie den Bärtigen helfen?

Am nächsten Morgen hüllte Pocahontas sich in Fuchsfelle. Dann kletterte sie auf einen hohen Baum, der ein Stück vom Dorf entfernt am Flussufer stand. Von hier aus wollte sie alles beobachten. Doch scheinbar geschah überhaupt nichts. Die weißen Männer blieben in ihrer warmen Unterkunft und die Algonkins hielten sich im Dorf auf. Schließlich wurde Pocahontas so müde, dass ihr immer wieder die Augen zufielen.

Erst am späten Nachmittag sah sie, wie Häuptling Powhatans Krieger Körbe voll Mais zur Hütte hinunterbrachten. Sie boten den Weißen jedoch nicht an, ihnen dabei zu helfen, das Getreide ins Boot zu laden. Pocahontas beobachtete, wie die Bärtigen begannen, die Körbe durch Eis und Wasser ins Boot zu schleppen. Aber bevor diese Arbeit auch nur annähernd beendet war, brach die Abenddämmerung herein. Die durchnässten und frierenden Männer zündeten in ihrer Unterkunft ein großes Feuer an. Es sah so aus, als ob die Bärtigen noch eine weitere Nacht hier verbringen mussten.

»Pocahontas!«

Erschrocken blickte das Mädchen nach unten. Es war schon so dunkel, dass sie Namontack kaum erkennen konnte. Er hatte ihren Namen geflüstert. Eilig kletterte die Prinzessin vom Baum herab. Ihr Halbbruder sprach leise in englischer Sprache mit ihr: »Die Bärtigen sind in großer Gefahr!«

»Das habe ich befürchtet«, flüsterte sie zurück. »Kennst du Vaters Plan?«

»Ja, ich habe ein wenig davon aufgeschnappt, während er mit Tatacoope gesprochen hat. Mitten in der Nacht, wenn es ganz dunkel ist, werden sie den Weißen Fleisch in die Unterkunft bringen. Und sobald die Bärtigen ihre Waffen niedergelegt haben und mit dem Essen beschäftigt sind, werden unsere Krieger angreifen.«

Noch einmal schaute Pocahontas auf die Hütte, die sie den

ganzen Tag lang beobachtet hatte. Durch die Ritzen zwischen den Stangen und Ästen schimmerte das wärmende Feuer im Inneren.

Jetzt konnte sie dem Verbot ihres Vaters nicht länger gehorchen.

»Ich werde sie warnen«, sagte sie zu Namontack. »Geh schnell und berichte Kahnessa, was ich vorhabe. Dann könnt ihr beide Wache halten, während ich am Flussufer entlang bis zur Hütte schleiche. Steh mit Kahnessa am Dorfeingang und unterhalte dich möglichst unauffällig mit ihr. Wenn du irgendetwas siehst, das eine Gefahr für mich bedeuten könnte – wenn die Krieger sich mit dem Essen auf den Weg machen, bevor ich zurückkomme –, muss Kahnessa über irgendetwas lachen, das du sagst. Sie muss so laut lachen, dass ich sie unten am Fluss hören kann.«

Nachdem der Entschluss gefasst war, zog Pocahontas sofort los. Aus dem Dorf konnte sie die fröhlichen Stimmen ihrer Stammesgenossen hören, die gerade ihr Abendessen von den Feuerstellen holten. Von der Unterkunft am Fluss her erklangen die Stimmen der Bärtigen und Feuer knisterte. Sie konnte ihr eigenes Herz schlagen hören – es hämmerte so laut wie eine Trommel. Nur ihre Füße in den Mokassins bewegten sich geräuschlos. Das vertraute Lachen Kahnessas war nicht zu hören – jedenfalls noch nicht.

Sie war ganz außer Atem, als sie in die Hütte schlüpfte. Erstaunt sahen die weißen Männer auf. Im hinteren Teil des Raumes entdeckte sie sofort ihren älteren Bruder, der mit einigen anderen Männern am Feuer saß. Plötzlich waren alle so still, dass jeder ihr Flüstern verstehen konnte.

»Mein Vater plant, euch heute Abend etwas zu essen zu bringen und euch dann zu töten, während ihr esst und unbewaffnet seid. Ihr müsst gehen. Jetzt gleich!«

John-Smith trat an ihre Seite. »Kleine Prinzessin«, sagte

er, »du hast bestimmt dein Leben riskiert, indem du uns warnst. Wie kann ich dir nur danken?«

Seine Augen füllten sich mit Tränen. Er griff an seinen Hals und zog sich die Schnur, an der sein Kompass befestigt war, über den Kopf.

»Nein, älterer Bruder. Ich wage nicht, etwas bei mir zu tragen, das dir gehört.« Sie wusste, dass die Tränen über ihre Wangen liefen, aber sie kümmerte sich nicht darum, dass all diese Männer sie weinen sahen.

»Älterer Bruder«, schluchzte sie. »Ich fürchte, ich werde dich niemals wiedersehen!«

Dann zwang sie sich, kehrtzumachen und hinauszugehen. Langsam und vorsichtig schlich sie zum Dorf zurück.

Wenige Augenblicke später ging sie auf ihrem Weg zum Wigwam an Kahnessa und Namontack vorbei, damit diese sie sehen konnten. Dann schlich sie ins Zelt, legte sich auf ihre Schlafmatte und deckte sich mit dem Fuchsfell zu, das sie den ganzen Tag über auf dem Baum gewärmt hatte.

Kurze Zeit später kam ihre Mutter mit dem kleinen Bruder herein. Sie bot Pocahontas etwas zu essen an, doch das Mädchen hatte keinen Hunger. Auch Kahnessa kam gleich darauf und bald schliefen alle in dem kleinen Wigwam.

Nur Pocahontas lauschte. Sie wartete.

Wie lange würde es dauern, bis sie die Gewissheit hatte, dass die Bärtigen in Sicherheit waren? Würden die Krieger ihres Vaters die Weißen verfolgen, wenn sie die Hütte leer vorfanden? Würden John-Smith und seine Männer das Boot freibekommen und noch rechtzeitig fortfahren können?

Sie war so unendlich müde, aber trotzdem konnte sie nicht einschlafen.

Und dann hörte sie zum zweiten Mal seit Sonnenuntergang, wie jemand ihren Namen flüsterte: »Pocahontas!«

Voller Furcht eilte sie zum Wigwam hinaus. Es war der

weiße Junge namens Thomas. Er bedeutete ihr mit einer Handbewegung, dass sie ihm folgen solle.

Die Ungewissheit brachte sie fast um, doch die beiden liefen schweigend durch die Dunkelheit. Schließlich befanden sie sich außerhalb des Dorfes. Dort standen Remcoe und ein Bärtiger, den Pocahontas nicht kannte.

»Ich habe heute Abend die westliche Wache übernommen«, erklärte Remcoe. »Ich wollte bei dem Angriff auf die Tassen-tassees nicht dabei sein. Aber dann ist dieser Bärtige auf dem Waldpfad erschienen und fragte nach John-Smith. Kahnessa hat mir schon erzählt, was du getan hast. Deshalb ließ ich ihn nicht ins Dorf gehen. Was sollen wir nun machen?«

Pocahontas wandte sich an den weißen Mann. »Wer bist du?«, fragte sie auf Englisch. »Warum bist du hier?«

»Ich heiße Richard Wiffin«, antwortete er. »Wir hatten in Jamestown einen Unfall. Eines unserer Fischerboote ist gesunken, und wir haben elf Männer verloren. Ich bin gekommen, um Captain Smith Bericht zu erstatten, damit er sich hier nicht noch länger aufhält.«

»Er ist nicht mehr hier«, erwiderte das Mädchen. »Er ist auf dem Weg zurück nach Jamestown. Heute Abend ist er mit dem großen Boot aufgebrochen.« Diese Worte laut auszusprechen erfüllte Pocahontas mit Zuversicht und Gelassenheit. Ja, ganz bestimmt war ihr älterer Bruder jetzt in Sicherheit.

»Und du bist in Gefahr, wenn du nicht ebenfalls wieder fortgehst«, erklärte sie dem Bärtigen.

»Remcoe, bring ihn zurück auf den Waldpfad. Und du, Thomas, lauf hinüber zur östlichen Wache und sag dem Krieger, du hättest Geräusche aus seiner Richtung gehört. Dann wird er abgelenkt und nicht auf den Bärtigen aufmerksam werden.«

Wortlos verschwanden die anderen und ließen Pocahontas allein zurück.

Sie sah zum Himmel hinauf. Eine schmale Mondsichel war aufgegangen. Leise betete sie: »Oh, Schöpfergott, lass dieses Mondlicht John-Smith und seinen Männern im Boot den Heimweg zeigen und auch dem Bärtigen durch den Wald.«

Als sie schließlich wieder in ihrem Wigwam war und endlich einschlafen konnte, dachte die Prinzessin daran, wie sehr ihr eigener Geist sich in dieser Nacht dem Willen ihres Vaters widersetzt hatte. Würde er es jemals erfahren?

Am nächsten Morgen schliefen Pocahontas und Kahnessa länger als gewöhnlich. Dann liefen sie gemeinsam zum Fluss hinunter, um zwischen den treibenden Eisstücken ein Bad zu nehmen. Hastig wickelten sie anschließend ihre zitternden Körper in Pelzmäntel. Die Morgenluft war schneidend kalt, doch der Himmel war klar und die Sonne versprach Wärme. Eine Weile setzten sie sich auf den Boden und genossen den Sonnenschein, bevor sie langsam ins Dorf zurückgingen.

Zu ihrer Überraschung trafen sie dort auf eine Gruppe von Frauen, die sich um ihren Wigwam versammelt hatten. Rasch drängten sie sich durch den Kreis und sahen, wie Tatacoope Halewas wenige Habseligkeiten herausholte und auf den Boden warf.

»Was tust du da?«, rief Kahnessa.

»Unser Vater hat Halewa fortgeschickt«, antwortete Tatacoope höhnisch. »Sie und ihr kleiner Junge werden in einem Kanu nach Potomac gebracht, in ihr Heimatdorf. Sie sind schon weg.«

Pocahontas und Kahnessa sahen sich voller Entsetzen an.

»Eure Mutter gehört nicht in dasselbe Dorf wie der mächtige Powhatan und seine stolzen Krieger«, fuhr Tatacoope fort. »Ihr Volk ist schon immer schwach und nachgiebig gewesen.«

Während er wegstapfte, drehte er sich nochmals zu Pocahontas um. »Es muss ihr Blut sein, das dir eine solche Schwäche für stinkende Tassen-tassees und dumme kleine Otter gegeben hat.«

Der Kreis der Frauen zerstreute sich und ließ die beiden Schwestern allein. Die Mädchen stürzten ins Innere des Wigwams und warfen sich schluchzend auf ihre Schlafmatten.

»Er hat sie meinetwegen fortgeschickt«, klagte Pocahontas. »Vater weiß, was ich getan habe. Aber er kann es nicht beweisen, und deshalb hat er Halewa an meiner Stelle verbannt.«

In den folgenden Tagen bereitete sich das ganze Dorf auf die Reise ins Winterlager vor. Alle sprachen nur das Notwendigste mit Pocahontas und keiner erwähnte ihre Mutter.

Häuptling Powhatan blickte nicht einmal in ihre Richtung. Pocahontas spürte seinen Zorn. Es war ein kalter Zorn – beißend kalt wie die Winternächte, in denen die beiden Schwestern allein in ihrem Wigwam kauerten.

An dem Tag, als die Dorfbewohner zu ihrem Winterlager aufbrachen, kam Thomas mit einer Botschaft ihres Vaters: »Du darfst nicht mit ins Winterlager gehen. Du musst mit den ganz Jungen und ganz Alten zurückbleiben.«

So beobachtete Pocahontas schweigend, wie die anderen – Remcoe und Kahnessa, Namontack, Nanoon und Kewelah und alle anderen – in die Blue Haze Mountains zogen. Sie gab sich selbst das Versprechen, dass sie diese Prüfung bestehen würde. »Ich muss nur stark bleiben«, sagte sie zu sich, »dann wird Vaters Zorn eines Tages vergehen. Eines Tages wird er mir wieder zulächeln.«

Die Flucht

Geduldig ertrug Pocahontas die Einsamkeit der bitterkalten Wintertage. Und schließlich kehrte ihr Stamm wieder aus dem Winterlager zurück. Häuptling Powhatan richtete danach nur selten das Wort an seine Tochter, doch zumindest schien sein Zorn nicht mehr ganz so groß zu sein.

Der Frühling kam und mit ihm die Zeit, in der das Pflanzlied gesungen wurde. Doch Halewa war nicht mehr da, um fröhlich dieses Lied zu singen. Später folgte der Sommer, aber Pocahontas erwachte nicht mehr wie früher jeden Morgen davon, dass ihre Mutter das Beerenpflücklied summte.

Im Sommer kam Parahunt zu Besuch. Als Häuptling eines anderen Dorfes wurde er in Comoco mit einem Festmahl begrüßt. Nach den Feierlichkeiten machte er mit Pocahontas einen Spaziergang am Fluss. Er hatte Halewa besucht und berichtete seiner Schwester, dass es ihrer Mutter gut gehe. Und auch dem kleinen Otter, fügte er schmunzelnd hinzu. Außerdem erzählte er ihr, dass John-Smith in der Nähe von Parahunts Dorf ein Stück Wald rodete und ein Haus aus Baumstämmen baute.

»Und ich habe noch mehr Neuigkeiten für dich: Vater hat deinen zukünftigen Ehemann ausgewählt.«

Pocahontas spürte, wie sich in ihrem Hals ein Kloß bildete. Mühsam brachte sie die Worte heraus: »Und wer ist dieser Mann, den mein Vater ausgesucht hat?«

»Du kennst ihn nicht. Er ist ein Krieger, der Kokum heißt und zum Stamm der Paspegs gehört, über den unser Onkel Opech herrscht. Er besitzt großen Mut und hat bei unseren Überfällen auf die Irokesen tapfer gekämpft. Ja, er hat einen starken Geist und ist vielleicht sogar stark genug, um meine kleine Schwester zu zähmen!« Parahunt lächelte bei dieser

Bemerkung, doch Pocahontas hoffte, ihm würde auffallen, dass sie selbst nicht darüber lachen konnte.

Nun wurde seine Stimme sanfter. »Bestimmt wird Vater dich bald mit ihm bekannt machen.«

»Häuptling Powhatans Zorn muss immer noch sehr groß sein«, erwiderte sie kalt, »wenn er mit seiner Tochter nicht einmal über ihre eigene Verlobung spricht.«

Parahunt schwieg, und auch Pocahontas ließ das Thema fallen.

Eines Morgens im Herbst, als das Laub der Bäume sich schon in prächtiges Gelb und Rot verfärbt hatte, stand Pocahontas vor ihrem Wigwam und schnitt Rehfleisch in lange, dünne Streifen. Das Reh hatte sich in die Nähe des Dorfes verirrt und Remcoe hatte es mit seinem Bogen erlegt. Wenn das Fleisch geschnitten war, würde sie es salzen und trocknen. Auf diese Weise konnte sie es als Wintervorrat aufheben. Früher hatte Pocahontas diese Arbeit immer gemeinsam mit ihrer Mutter getan, und so musste sie an diesem Morgen oft an Halewa denken.

Auf einmal hörte die Prinzessin jugendliche Stimmen, die englisch sprachen, und sah erstaunt auf. Thomas redete mit Henry, dem hellhaarigen Jungen, den sie in Jamestown kennen gelernt hatte.

»Henry, was machst du denn hier?«, fragte sie.

»Ich habe Thomas besucht, bevor die anderen hierher kommen«, antwortete er.

»Welche anderen?«

»Die Männer aus Jamestown in den großen Booten. Sie bringen Kupfer und Stoffe her, um sie gegen den Mais einzutauschen, den Häuptling Powhatan uns versprochen hat.«

»Aber wann hat mein Vater dieses Versprechen gegeben?«

Diesmal antwortete Thomas. »Ich habe die Botschaft

letzte Woche nach Jamestown gebracht. Häuptling Powhatan sagt, er sei jetzt bereit, Geschäfte zu machen.«

»Aber John-Smith wird doch nicht mehr darauf eingehen, nachdem seine Männer das letzte Mal betrogen wurden?«

»Oh, hast du es noch nicht gehört?«, fragte Henry. »Captain Smith ist nicht mehr da. Er ist nach England zurückgekehrt.«

»Nach England! Warum denn?«

»Er wurde bei einer Schießpulver-Explosion verletzt. Sein ganzer Arm wurde schlimm verbrannt.«

Thomas hatte Henry versprochen, ihm das Dorf zu zeigen, und Pocahontas hielt die beiden nicht länger auf. Sie ließ die Arbeit liegen und lief zu ihrem geheimen Platz am Fluss. Dort setzte sie sich auf den Boden und betete. »Oh, Schöpfergott, bitte hilf John-Smith. Bitte nimm ihm die Schmerzen weg.«

Vom Kummer überwältigt brach sie schließlich in Tränen aus. Warum wurde sie von so vielen Menschen getrennt, die sie liebte?

Doch es hatte keinen Zweck, diese Frage zu stellen. Es würde Halewa nicht zurückbringen und auch nicht ihren älteren Bruder. Statt dessen zwang sich die Prinzessin, scharf nachzudenken. Wenn John-Smith nicht länger Häuptling von Jamestown war, würden sich die Tassen-tassees womöglich sehr unüberlegt verhalten. Vielleicht wusste Häuptling Powhatan, dass John-Smith fort war, und stellte den Bärtigen eine ähnliche Falle, wie er sie im letzten Winter geplant hatte.

Sie musste ins Dorf zurückgehen und ihre Augen offen halten. Sie war bereit alles zu tun, was sie konnte.

Von ganzem Herzen bat sie den Schöpfergott, er möge sie stark machen.

Am nächsten Tag wurden tatsächlich ihre schlimmsten Befürchtungen wahr. Die Prinzessin erwachte vom Dröhnen der Kriegstrommeln. Den ganzen Tag über stolzierte und tanzte der Quiyow im Dorf herum und stieß klagende Schreie aus. Pocahontas musste mit ansehen, wie Thomas und Henry in einen Wigwam gestoßen und dort festgehalten wurden.

Häuptling Powhatans Männer legten ihre Kriegsbemalung an, und aus anderen Dörfern trafen weitere Krieger ein, um an dem kommenden Kampf teilzunehmen.

Während die Trommeln, die Klagerufe und das Kriegsgeschrei ertönten, verwandelte sich Pocahontas' lähmende Furcht in Zorn. Sie war zornig auf ihren Vater, auf den Kriegsgott Okewas und auf alle, die ihm dienten. Sie waren schuld daran, dass der Fluss sich bald rot färben würde von all dem Blut.

Die Prinzessin konnte es nicht ertragen, all das mit anzusehen. Aber sie sah keine Möglichkeit, es zu verhindern. Sie konnte nur fortlaufen.

Nach Sonnenuntergang wurden die Trommeln und Tänze wilder und heftiger. Pocahontas und Kahnessa waren allein in ihrem Wigwam und lauschten den bedrohlichen Klängen. Als es völlig dunkel war, fing Pocahontas an, ein paar Habseligkeiten in einen Korb zu werfen.

»Was machst du?«, wollte Kahnessa wissen.

»Ich werde zu unserer Mutter und ihrem Stamm in Potomac gehen. Ich halte es hier nicht mehr aus.«

»Das verstehe ich«, sagte die ältere Schwester. »Aber ich muss bei Remcoe bleiben.«

Die beiden Schwestern umarmten sich und dann trat Pocahontas nach draußen. Es war völlig dunkel, kein Mond erhellte die Nacht. Pocahontas entfernte sich rasch von dem Dorf, das bisher ihr Zuhause gewesen war. Sie ging nach Norden, in die entgegengesetzte Richtung von Jamestown.

Fünf Sonnenuntergänge später half Pocahontas ihrer Mutter vor deren Wigwam in Potomac beim Maismahlen. Sie schaute von dem Mühlstein auf, an dem sie und ihre Mutter knieten, und erblickte auf einmal Parahunt.

Erstaunt erhob sie sich. Ihr Bruder kam näher und drückte die Schultern seiner Schwester zur Begrüßung.

»Kahnessa hat mir erzählt, dass du hier bist, kleine Schwester.«

Er sprach nicht weiter und so fragte sie ruhig: »Welche Neuigkeiten bringst du von der Schlacht?«

Da sagte Parahunt ernst: »Zwei Boote voller Bärtiger kamen von Jamestown den Fluss hinauf und wollten mit uns handeln. Häuptling Powhatans Falle war gestellt. Von unseren Kriegern wurden nur wenige getötet. Aber von den Tassen-tassees wurden sechzig Skalps erbeutet.«

Pocahontas schloss die Augen, und sie merkte, wie ihre Knie weich wurden. Sechzig Skalps! Noch nie hatte sie von einer Schlacht gehört, in der so viele Männer getötet worden waren. Und ganz bestimmt hatte sie noch nie zuvor so viele Opfer persönlich gekannt. Dies waren die Männer, denen sie beigebracht hatte, wie man Mais pflanzt, und denen sie Kräuter gegen ihre Krankheiten gegeben hatte.

»Nur ein einziger Engländer ist entkommen«, fuhr Parahunt fort. »Und ein kleiner Junge wurde gefangen genommen.«

»Was wird mit diesem Kind geschehen?«, wollte sie wissen.

»Ich weiß es nicht. Er wurde vorläufig zu den beiden anderen weißen Jungen gebracht, die noch im Dorf festgehalten werden.«

Halewa kniete noch immer neben dem Mühlstein. »Wahrscheinlich haben die drei Jungen nichts Gutes zu erwarten«, meinte sie, während sie schwerfällig aufstand. »Jetzt werden noch mehr Schlachten folgen. Und Okewas wird weitere Opfer fordern.« Sie schüttelte den Kopf und ging in ihren Wigwam.

»Komm mit, kleine Schwester«, sagte Parahunt. Obwohl die Trauer ihr jede Kraft zu rauben schien, folgte sie ihm.

In der Nähe des Dorfeingangs gab Parahunt einem der Krieger, die ihn begleitet hatten, ein Zeichen. Der Mann hob einen Korb auf und legte ihn vor Pocahontas' Füße.

»Kleine Schwester«, erklärte ihr großer Bruder, »hier ist ein guter Freund, der dich begrüßen möchte.« Er streckte seine Hand aus und nahm den Korbdeckel ab. Sofort erschien ein vertrautes pelziges Gesicht in der Öffnung.

»Kleiner Otter!«, rief die Prinzessin. Das Tier hüpfte auf ihre Arme und bellte übermütig zur Begrüßung.

Nun lachte Parahunt und sagte: »Dein neues Zuhause kann auch sein neues Zuhause sein.«

Am nächsten Tag setzte sich Pocahontas abends ans Flussufer und beobachtete, wie ihr kleiner Freund in dem dritten Heim seines kurzen Lebens herumtollte. Es tat gut, den Otter wieder in ihrer Nähe zu haben. Dieses kleine Wesen schien ihr selbst so ähnlich zu sein. Aber sie musste versuchen, ihm noch mehr nachzueifern. Das geschmeidige Tier wurde niemals müde und kannte keine Furcht. Stattdessen war es blitzschnell und voller Kühnheit.

Heute Morgen war Parahunt wieder gegangen, doch in Pocahontas' Ohren klangen immer noch seine Worte über die drei weißen Jungen, die in Comoco gefangen gehalten wurden. Und sie konnte die Warnung nicht vergessen, die ihre Mutter ausgesprochen hatte.

»Ich habe mich entschieden, etwas zu unternehmen«, rief sie ihrem Spielkameraden zu, der an der Wasseroberfläche Kreise zog. »Damit ich Erfolg habe, muss ich so unermüdlich, furchtlos, kühn und schnell sein wie du.

Kleiner Otter, ich weiß, dass diese drei Jungen auch gerne mit dir herumtoben würden. Ich möchte sie hierher holen, damit sie bei uns leben können. Denkst du, ich sollte es versuchen?«

Jetzt schwamm das Tier auf sie zu und reckte seine Schnauze in die Luft. Dann stieß es ein kurzes Bellen aus.

Bestimmt hieß das Ja.

Einige Tage später schloss sich Pocahontas einem Zug aus zwanzig Kriegern und jungen Mädchen an, die Nahrungsmittel von Potomac nach Comoco brachten. Es war die Zeit, in der Häuptling Powhatan aus den umliegenden Dörfern die jährlichen Tributgeschenke erhielt.

Als der Zug Comoco erreicht hatte, trennte sich das Mädchen von ihren neuen Stammesgenossen und rannte zu Kahnessa. Glücklich umarmten und küssten sich die beiden Schwestern. Bald darauf kam auch Remcoe zu ihnen.

»Der Tag für unsere Hochzeit ist von den weisen Frauen des Dorfes festgesetzt worden«, erzählte er Pocahontas. »Kahnessa wird schon vor Neumond meine Frau werden. Kannst du nicht bei uns bleiben, bis die Hochzeit vorüber ist?«

Bevor die Prinzessin antworten konnte, fiel ein Schatten auf die Gruppe. Alle drei drehten sich um und entdeckten, dass der Quiyow nur wenige Schritte hinter ihnen stand und sie hasserfüllt anstarrte. Erschreckt ließ Pocahontas die Arme sinken, die sie um ihre Schwester geschlungen hatte. Es kam ihr so vor, als sei der Medizinmann noch hässlicher und runzliger geworden, und der feindselige Ausdruck in seinen zusammengekniffenen Augen ließ Pocahontas zusammenzucken.

Dann wandte der Quiyow sich zum ersten Mal in ihrem Leben direkt an die Prinzessin: »Warum bist du hergekommen?«

Sie antwortete so laut, dass alle um sie herum es hören konnten. »Ich bin mit dem Zug gekommen, der den Tribut aus Potomac gebracht hat. Ist es nicht meine Pflicht, meiner Schwester Glück zu wünschen? Bald kommt der Tag ihrer Hochzeit.«

Der Quiyow kniff seine Augen noch enger zusammen. Dann drehte er sich um und ging schweigend davon.

Am folgenden Abend saßen Kahnessa und Pocahontas mit den drei weißen Jungen zusammen. Sie teilten eine Mahlzeit aus Eichhörnchenfleisch und Maiskuchen. Außer Thomas und Henry mit den fast weißen Haaren war auch noch Samuel bei ihnen. Er und Thomas waren die beiden ersten Jungen, die Pocahontas damals in Jamestown getroffen hatte. Samuel hatte den Schock immer noch nicht überwunden, den er als Augenzeuge des furchtbaren Kampfes davongetragen hatte. Er konnte kaum antworten, auch wenn Pocahontas ihn ganz sanft und leise ansprach.

»Habt ihr Angst?«, fragte sie die drei Jungen.

»Ja«, antwortete Henry. »Wir wissen nicht, was mit uns geschehen wird, wenn dieser Krieg weitergeht.«

»Morgen werde ich in mein neues Heimatdorf Potomac zurückkehren«, erklärte Pocahontas. »Ich habe dort einen zahmen kleinen Otter. Wenn ihr wollt, könnt ihr morgen mit mir kommen und mich dort besuchen. Ihr könnt sogar bleiben, wenn es euch gefällt.«

Samuel brachte ein schwaches Lächeln zustande. »Ich habe noch nie einen Otter gesehen«, meinte er.

Am nächsten Morgen schlossen sich die drei englischen Jungen der Prinzessin und den Leuten aus Potomac an, die sich zum Aufbruch vorbereiteten.

Da tauchte am Rande des Dorfes plötzlich der Medizinmann auf. Er hatte die Arme gekreuzt, und um seine Ohren wanden sich lebende Schlangen. Bedrohlich stellte er sich dem Zug in den Weg.

Auch jetzt sprach er wieder die Prinzessin an. »Wohin gehen diese drei weißen Jungen?«, fragte er.

»Sie werden mich in Potomac besuchen.« Pocahontas versuchte so gelassen wie möglich zu klingen. »Ich habe ihnen von meinem kleinen Otter erzählt und sie möchten mitkommen und ihn selbst sehen.«

Die Augen des Quiyow funkelten wütend. Doch er trat zur Seite und ließ den Zug vorübergehen.

Während des Marsches durch den Wald hielten sich Pocahontas und die weißen Jungen am Ende der Gruppe. Immer wieder schaute das Mädchen zurück. Sie waren noch nicht weit gekommen, als sie spürte, dass jemand sie am Ärmel zupfte.

Es war Henry.

»Thomas ist umgekehrt!«, sagte er.

Wie war das möglich? Noch einmal blickte sie hinter sich auf den Pfad. Thomas war nirgendwo zu sehen. Aber es war zu gefährlich, jetzt noch einmal zurückzugehen und ihn zu holen.

»Ja«, sagte sie zu Henry, »wahrscheinlich ist er zurückgegangen, weil er so lange in Comoco gelebt hat, dass er es nicht verlassen will. Oder er hat irgendetwas vergessen und wird später nachkommen. Wir müssen weitergehen!«

Im Laufen flüsterte sie Henry und Samuel zu: »Falls irgendetwas passiert, dürft ihr auf keinen Fall zurück nach Comoco gehen. Lauft in die andere Richtung!«

Sie hatte kaum zu Ende gesprochen, als ein markerschütternder Schrei durch den Wald gellte. Hinter ihnen sprangen der Quiyow und zwei junge Priester des Kriegsgottes auf den Pfad. Sie kreischten laut und schwangen Tomahawks und Messer. Die Leute aus Potomac traten rasch beiseite. Sie würden es nicht wagen, sich Okewas' Priestern zu widersetzen.

Pocahontas schob Henry und Samuel nach vorne. Henry raste in den Wald und war schnell außer Sichtweite. Samuel rannte schreiend den Pfad entlang, doch einer der Priester verfolgte ihn. Er warf seinen Tomahawk, und gleich darauf rissen die Schreie ab, als der Junge tot zusammenbrach.

Sofort verschwanden der Quiyow und die beiden Priester wieder im Schatten des Waldes.

Pocahontas konnte ihrem Zorn nur durch einen Aufschrei Luft machen.

Erst am späten Nachmittag fand sie Henry im Wald. Der Junge lag benommen und zitternd hinter einem umgestürzten Baumstamm. Sie nahm seine Hand und half ihm aufzustehen.

»Komm mit mir«, sagte sie zu ihm. »Ich verspreche dir, dass du in Sicherheit sein wirst.« Behutsam legte sie ihre Arme um den veränstigten Jungen, um ihn zu beruhigen und zu wärmen. Dann brachte sie ihn nach Potomac.

Aber im Stillen schwor sich die Prinzessin, dass sie dem alten Medizinmann nie wieder begegnen wollte.

Entführt!

Pocahontas hatte beide Arme um einen Ahornbaum geschlungen und blickte auf den Fluss hinaus. Jetzt, nach so langer Zeit, kam wieder ein großes Schwanen-Schiff und ankerte vor dem stillen Dorf Potomac. Was hatte das zu bedeuten?

Viele Monde lang hatte die Prinzessin kein solches Schiff mehr gesehen. Und seit mehr als drei Jahren hatte sie keinen einzigen Bärtigen mehr getroffen. Es schien bereits eine Ewigkeit her zu sein, seit Pocahontas den weißen Männern in einer kalten Nacht geholfen hatte, aus Comoco zu entkommen. Damals hatte sie sich in der Hütte am Fluss von ihrem älteren Bruder verabschiedet, während in seinen Augen Tränen glitzerten.

Das einzige weiße Gesicht, das sie in diesen letzten drei Jahren gesehen hatte, war das von Henry – dem grinsenden, hellblonden Henry, der immer noch hier in Potomac lebte. Das Mädchen hatte ihn sehr lieb gewonnen, genauso lieb wie ihre Mutter Halewa, den kleinen Otter und den Windhund Kint, den ihr Vater ihr zum Geschenk gemacht hatte.

In dieser Zeit war die Prinzessin auch Häuptling Powhatan nicht mehr begegnet. Sogar bei ihren Besuchen in Comoco traf sie ihn nicht an. Er war in das weit entfernte Dorf Rassawack gezogen und hatte es zu seinem neuen Wohnort gemacht.

Diese Neuigkeiten hatte Pocahontas von Parahunt erfahren, der sie oft in Potomac besuchte und ihr von den fortdauernden Kämpfen mit den Bärtigen berichtete. Kokum, der Krieger, den ihr Vater für sie als Ehemann ausgewählt hatte, war in einer dieser Schlachten getötet worden, ebenso Tatacoope und Namontack.

Parahunt wunderte sich darüber, wie mächtig die weißen Männer geworden waren. Viele Dörfer und Felder der Algonkins hatten sie in Brand gesteckt und die Menschen aus ihren Wigwams vertrieben. Es schien, als ob die Engländer es nicht länger nötig hätten, Mais von den Indianern zu kaufen. Was sie jetzt vor allem wollten, war Land. Sie hatten viele eigene Dörfer gegründet und neue Felder angepflanzt.

Nachdenklich presste Pocahontas ihre Wange gegen die glatte Ahornrinde. Sie hatte immer geglaubt, sie sei weit entfernt von all den Ereignissen, von denen Parahunt erzählte. Würden die Veränderungen sie womöglich hier in Potomac einholen?

Hinter sich hörte sie Schritte. Rasch löste sie ihre Arme von dem Baum und wandte sich um. Es war Jopassus, ein junger Krieger, der eines Tages Häuptling von Potomac werden sollte.

»Pocahontas«, sprach er sie an, »ich muss dich um etwas bitten.«

»Was denn, Jopassus?«

Mit ausgestrecktem Zeigefinger zeigte er übers Wasser auf das große Schiff. »Der Führer des Tassen-tassees-Schiffs hat mich gebeten, ihn zu besuchen. Meine Frau möchte auch gern mitkommen. Aber sie will nur in Begleitung einer anderen Frau auf das Schiff gehen, weil sie sich fürchtet. Wirst du mitkommen, Pocahontas?«

Nochmals blickte das Mädchen zu dem Schiff hinüber. Vielleicht war es töricht, wieder mit den weißen Männern in Kontakt zu treten. Bestimmt würden die schlimmen Erinnerungen sie einholen und dann würde sie am Ende trauriger sein als vorher.

Jopassus sprach schnell weiter. »Du hast doch sicher keine Angst! Du hast ja schon all die merkwürdigen und wunderbaren Dinge gesehen, die die Tassen-tassees besitzen. Wirst du mit uns kommen, Pocahontas, damit sich meine Frau nicht fürchtet?«

Es wäre tatsächlich von Vorteil für alle, überlegte die Prinzessin, wenn zwischen den Algonkins und den Bärtigen besseres Verständnis herrschen würde. Gäbe es auf beiden Seiten weniger Furcht, würden vielleicht weniger Kämpfe stattfinden.

»Ja, Jopassus. Wenn es deine Frau beruhigt, werde ich mitkommen – aber nur für einen kurzen Besuch.«

Später am Morgen wurden die drei Algonkins in einem Ruderboot zu dem großen Schiff hinausgebracht. Inzwischen hegte Pocahontas erneut Zweifel, ob sie wirklich hätte mitkommen sollen. Jopassus' Frau sah eigentlich gar nicht ängstlich aus.

Nachdem man den drei Besuchern geholfen hatte, auf das Deck des Schiffes hinaufzuklettern, stellte sich ihnen ein großer Mann als Captain Argall vor. Er trug einen Hut mit einer fremdartigen Feder. Höflich hob er seine Kopfbedeckung, verbeugte sich vor Pocahontas und küsste ihre Hand.

»Prinzessin Pocahontas«, rief er laut, »Ihre Gegenwart bedeutet für uns eine große Ehre!«

Anschließend führte er Pocahontas in einen Raum des Schiffes, wo er ihr ein Glas mit einem Getränk anbot, das er »den vorzüglichsten Wein« nannte. Das Mädchen fragte sich, ob Jopassus und seine Frau sich das Schiff anschauten.

»Sie sind wirklich eine reizende junge Dame geworden«, meinte Captain Argall. »Es ist noch nicht lange her, seit Sie unseren Leuten in Jamestown so freundlich geholfen haben.« Er begann verschiedene Menschen in Jamestown aufzuzählen, die sich alle an die Prinzessin erinnerten.

Plötzlich spürte Pocahontas ein Beben und sie erschrak.

Es war nicht das sanfte Schaukeln, das sie von Captain Newports Schiff kannte. Nein – das Schiff bewegte sich!

Rasch stürzte sie an das kleine Fenster in der Wand. Dorf und Ufer entfernten sich langsam. Das Schiff fuhr tatsächlich! »Wohin fahren wir denn?«, rief sie entsetzt.

»Pocahontas, ich muss Sie zurück nach Jamestown bringen«, erklärte Captain Argall. »Aber Sie brauchen sich nicht vor mir zu fürchten. Ich werde Sie nicht als Gefangene, sondern als meinen Ehrengast betrachten.«

Laut schrie die Prinzessin: »Jopassus!«

»Er kann Sie nicht hören«, sagte der Captain. »Er und seine Frau sind in ihr Dorf zurückgekehrt. Sie waren einverstanden, Sie in meine Obhut zu übergeben.«

Pocahontas gab sich größte Mühe, das alles zu begreifen. »Aber warum? Warum haben sie mich verraten?«

»Ich habe sie bestochen«, antwortete der große weiße Mann. »Mit einem Kupferkessel.«

»Nein!«, rief Pocahontas ungläubig.

Nun ging Captain Argall zur Tür. »Ich werde Ihnen gleich etwas zu essen bringen.« Danach ging er und verschloss die Tür hinter sich.

Pocahontas sah noch einmal aus dem Fenster. Das Dorf wurde rasch immer kleiner. Doch dann entdeckte sie am Flussufer einen silbernen Strich. Angestrengt spähte sie zum Ufer hinüber. Es war Kint! Und hinter ihm lief Henry den Fluss entlang. Wenigstens hatten ihre Freunde bemerkt, was mit ihr geschehen war.

Kurz darauf kehrte Captain Argall mit Brot und Früchten zurück. Doch das Mädchen wollte nichts essen.

»Bitte, Prinzessin«, bat er, »ich führe nichts Böses im Schilde. Essen Sie!«

»Woher soll ich wissen, dass Sie mir kein Leid zufügen werden? Was wird mit mir geschehen?«

»Pocahontas, Sie haben wirklich nichts zu befürchten. In Jamestown werden Sie den Gouverneur treffen, und dann werden Sie an einen Ort namens Henrico gebracht, der nicht weit von Jamestown entfernt ist. Dort sollen Sie auf einer Farm wohnen und Pfarrer Whitaker und seine Frau werden sich um Sie kümmern. Die beiden sind freundliche und gute Menschen, und Sie werden dort alles haben, was Sie brauchen.«

»Aber alles, was ich brauche, habe ich bereits in Potomac«, erwiderte sie. »Weshalb sollte ich also an einen anderen Ort gebracht werden? Was haben Sie vor?«

»Ich versuche Frieden zu stiften. Die Algonkins führen schon zu lange Krieg gegen uns . . .«

Ungeduldig unterbrach ihn die Prinzessin. »Was erwarten Sie denn? Sie vertreiben die Stämme von ihrem Land!«

»Wir vertreiben sie nur, weil wir uns vor ihnen fürchten«, antwortete der Captain. »Aber das wäre nicht nötig. Zu viele Menschenleben wurden schon auf beiden Seiten geopfert. Ich habe Sie gefangen genommen in der Hoffnung, dass Ihr Vater seine englischen Gefangenen freilassen und uns die gestohlenen Gewehre zurückgeben wird. Er muss auf uns hören, wenn wir seine Lieblingstochter in unserem Gewahrsam haben.

Der Gouverneur von Jamestown und ich haben diesen Plan gefasst, um Frieden zu stiften. Wir wollten niemals Krieg. Wie Sie selbst wissen, Prinzessin, war es immer schon der aufrichtige Wunsch unseres Volkes, friedlich mit den Algonkins zusammenzuleben. Das galt schon für die ersten Begegnungen mit Ihrem Volk in den Tagen Ihres Freundes, Captain Smith.«

Als der Mann ihren älteren Bruder erwähnte, konnte Pocahontas eine Frage nicht unterdrücken: »Gibt es Nachrichten von meinem Freund?«

Captain Argall machte eine Pause, bevor er antwortete. »Manche sagen, sie hätten aus England erfahren, dass er tot sei. Doch ich halte es nur für ein Gerücht. Ich weiß es allerdings nicht genau. Prinzessin Pocahontas, ich bitte Sie inständig, etwas zu essen.«

Darauf gab sie keine Antwort, und Captain Argall verließ den Raum. Pocahontas hatte das Gefühl, als würde eine entsetzlich schwere Last sie zu Boden zwingen.

Als sich das Schiff Jamestown näherte, wurde ihr gestattet nach oben an Deck zu kommen. Von dort aus blickte sie voller Erstaunen auf eine Menschenmenge, die sich vor dem Dorf am Flussufer versammelt hatte. Laute Rufe erklangen: »Gott segne die Prinzessin!« »Hoch lebe Prinzessin Pocahontas!«

»Sehen Sie, die Menschen lieben Sie«, sagte Captain Argall. »Jeder hier hat von Ihrer Freundlichkeit gehört.«

Das Mädchen war sprachlos, als sie auf das neue Dock vor Jamestown hinaustrat. Sie wurde durch die jubelnde Menge geführt und in das größte Gebäude im Dorf gebracht.

Dort hatte sich der Mann, der Gouverneur genannt wurde, mit den anderen führenden Männern von Jamestown versammelt. Fast alle Gesichter waren Pocahontas fremd.

»Prinzessin Pocahontas«, sagte der Gouverneur, »wir haben bereits eine Botschaft an Häuptling Powhatan geschickt und ihm berichtet, dass Sie hier bei uns sind. Wir haben die Forderung gestellt, dass der Häuptling die Männer, die er gefangen genommen hat, freilässt und dass er uns die gestohlenen Gewehre und die Munition zurückgibt. Außerdem haben wir um Frieden zwischen den Algonkins und den Weißen gebeten. Unsere Hoffnung ist, dass Ihr Vater aus Liebe zu Ihnen und weil er ebenfalls Frieden wünscht, auf unsere Forderungen eingeht.«

Jetzt sahen der Gouverneur und alle anderen im Raum Pocahontas gespannt an und erwarteten ihre Antwort.

»Bestimmt wird mein Vater Ihre Vorschläge sorgfältig prüfen«, sagte sie schließlich. »Aber niemand kann an den mächtigen Häuptling Powhatan eine Forderung stellen. Er wird das tun, was er für richtig hält.«

Bereit

Für Pocahontas vergingen die Tage in Henrico sehr langsam, während sie auf eine Nachricht wartete, welche Antwort Häuptling Powhatan den Engländern gegeben hatte.

Zum Glück fühlte sie sich bald in der Gesellschaft von Pfarrer Whitaker und seiner Frau überaus wohl. Die beiden Weißen redeten freundlich mit ihr und schienen sehr klug zu sein. Pfarrer Whitaker erinnerte sie außerdem an Pfarrer Hunt und seine Geschichte, die er nicht mehr zu Ende erzählen konnte – die Geschichte von dem Mann Jesus, dem Sohn des Schöpfergottes.

Es war die Freundlichkeit der Whitakers, die Pocahontas daran hinderte fortzulaufen. Sie hatte schnell erkannt, dass es ihr ein Leichtes gewesen wäre, sich heimlich davonzuschleichen. Ganz sicher wäre sie in der Dunkelheit an den englischen Soldaten vorbeigekommen, die rings um die Farm aufgestellt waren, und hätte wieder heim nach Potomac laufen können.

Das Haus der Whitakers war das schönste, das die Prinzessin je gesehen hatte. Es war aus Steinen gebaut, die Ziegel genannt wurden. Im ganzen Haus befanden sich viele interessante Dinge, die das Mädchen in den grob zusammengefügten Häusern des früheren Jamestown nie entdeckt hatte. Ein Raum wurde Küche genannt, und dort zeigte Mrs Whitaker ihrem jungen Gast, wie sie kochte und nähte. Pocahontas half bei der Arbeit und war erstaunt über die winzigen Metallnadeln, die Mrs Whitaker benutzte.

Eines Morgens, am sechsten Tag nach ihrer Ankunft in Henrico, saß Pocahontas in der Küche und übte kleine Nadelstiche auf einem alten Stofffetzen. Da betrat Mrs Whitaker den Raum und sagte: »Pocahontas, meine Liebe, an der Tür ist ein Besucher für dich.«

Sofort legte die Prinzessin ihr Nähzeug beseite und lief durchs Haus. Im offenen Vordereingang stand Parahunt.

Überglücklich umarmte sie ihn.

»Du siehst gut aus, kleine Schwester«, sagte ihr Bruder. Es schien ihn zu überraschen.

»Ja«, versicherte sie ihm, »es geht mir gut.«

Parahunt hielt sie eine Armlänge von sich entfernt und legte seine Hände auf ihre Schultern. »Ich bin gekommen, um dir von Vaters Antwort für die Engländer zu erzählen. Ein Läufer ist in diesem Moment unterwegs nach Jamestown, um dem weißen Häuptling die Botschaft zu überbringen. Aber ich wollte dir persönlich davon berichten. Vater hat die Bärtigen freigelassen, die er in Rassawack gefangen hielt. Und er hat vorläufig alle Kämpfe beendet.«

Pocahontas schloss ihre Augen und schickte im Stillen ein Dankgebet zu ihrem Schöpfergott.

Dann fuhr ihr Bruder fort: »Wie du dir sicher vorstellen kannst, ist es Vater sehr schwer gefallen die Gefangenen freizulassen. Und er hat es strikt abgelehnt der anderen Forderung zu entsprechen. Er wird keine einzige Waffe zurückgeben.

Ich muss dir mitteilen, kleine Schwester, dass unser Vater große Sehnsucht nach dir hat. Als der Läufer mit der Nachricht von deiner Gefangennahme eintraf, war Vater sehr bekümmert. Drei Tage lang verließ er das große Langhaus nicht und sprach kein Wort. Onkel Opech wollte alle Krieger zusammenrufen und Jamestown vernichten, doch Häuptling Powhatan befürchtete, dass die Bärtigen in Panik geraten und dir unüberlegt ein Leid zufügen könnten.«

Jetzt nahm Parahunt ihre Hände in seine. »Vater hat mir aufgetragen dir zu sagen, dass du auch in seinem Alter immer noch seine Pocahontas bist. Du wirst immer seine Lieblingstochter bleiben. Und er sehnt sich nach der Bestätigung, dass du in Sicherheit bist.«

Bei diesen Worten stiegen Pocahontas Tränen in die Augen. »Sag Vater, dass es mir sehr gut geht. Versichere ihm, dass du dich selbst davon überzeugt hast.«

»Wenn er weiß, dass du nicht in Gefahr bist«, fügte Parahunt hinzu, »wird es eine Zeit lang keine Kämpfe mehr geben. Häuptling Powhatan wird abwarten, wie sich die Engländer verhalten.«

»Wenn das stimmt«, antwortete die Prinzessin ernst, »ist es vielleicht am besten für alle, wenn ich hier bleibe. Dann wird möglicherweise länger Frieden sein.«

Traurig sah sie ihrem großen Bruder nach, als er wieder fortging. Doch gleichzeitig sagte sie sich: *Wenn Vater warten kann, muss auch ich es können.*

Die Whitakers besaßen einen kleinen Tisch, der nur zum Schreiben da war. Pocahontas durfte sich an diesen Tisch setzen, wann immer es ihr gefiel, und Tinte und Papier benutzen. Sie hatte sogar ihre eigene Schreibfeder. Inzwischen hatte die Prinzessin auch gelernt, die englischen Buchstaben zu schreiben, die John-Smith ihr vor vielen Jahren gezeigt hatte.

»›Weiße Feder‹ ist mein geheimer Name«, erzählte sie Pfarrer Whitaker eines Tages, als sie mit der Schreibfeder sorgfältig alle sechsundzwanzig Buchstaben des Alphabets auf ein Stück Papier malte. »Ich habe auch noch andere Namen.«

Nun zeigte ihr der Pfarrer, wie sie jeden einzelnen Namen aus den verschiedenen Buchstaben zusammensetzen konnte. Er lobte Pocahontas, weil sie so rasch lernte.

»Meine Mutter sagt immer, mein Kopf sei wie ein großer, eng geflochtener Korb«, erzählte das Mädchen. »Darin bleibt alles liegen, was man hineinlegt – nichts geht verloren.«

Abends las der weiße Mann ihr bei Kerzenlicht aus der Bibel vor. Jeden Abend bat Pocahontas ihn, noch weiterzulesen. Und jeden Abend, manchmal nach stundenlangem Vorlesen, erklärte Pfarrer Whitaker mit müden Augen und kaum mehr zu unterdrückendem Gähnen, dass er jetzt unbedingt zu Bett gehen müsse. Aber er versprach immer, am nächsten Tag dort fortzufahren, wo er aufgehört hatte.

Pfarrer Whitaker lehrte das Mädchen außerdem ein Gebet zu dem Schöpfergott im Himmel. Es begann mit der Anrede »Unser Vater«. Pocahontas liebte dieses Gebet, weil sie es schön fand, Gott als ihren Vater anzusehen. Das hatte sie früher nie getan. Der weiße Mann sagte, dieses Gebet stehe in der Bibel und stamme von Jesus, dem Sohn Gottes. Jesus habe jedem Menschen die Möglichkeit gegeben, Gott als seinen Vater kennen zu lernen.

Auch den Text auswendig zu lernen, den Pfarrer Whitaker das Glaubensbekenntnis nannte, fiel der jungen Prinzessin leicht. Er begann so: »Ich glaube an Gott, den Allmächtigen, Schöpfer des Himmels und der Erde, und an seinen eingeborenen Sohn Jesus Christus . . .« Dann wurde davon berichtet, wie Jesus starb und am dritten Tag von den Toten auferstand. *Das ist also das Ende der Geschichte, die mir Pfarrer Hunt erzählen wollte,* dachte Pocahontas.

Und nachdem sie sich ein Herz gefasst hatte, stellte sie Pfarrer Whitaker all die Fragen, die sie Pfarrer Hunt vor dessen Tod nicht mehr hatte stellen können.

Mrs Whitaker schenkte Pocahontas neue Kleider. Zuerst war die Prinzessin verärgert über die Geräusche, die diese Kleider verursachten, sobald sie sich bewegte. »Diese Kleider *sollen* rascheln«, erklärte die weiße Frau. »Das Geräusch kündigt allen Leuten an, dass jetzt eine Dame den Raum betritt.«

Eines Tages stand Pocahontas vor dem Spiegel, der in der Nähe der Eingangstür hing. Neugierig betrachtete sie sich darin. Sie war klein und schlank, das königliche blaue Kleid war eng um ihre schmale Taille gefasst, und ihre schwarzen Haare hingen glatt und glänzend über ihren Rücken hinunter. Nur an den Seiten und über der Stirn waren sie kurz geschnitten, wie es sich für unverheiratete Algonkin-Mädchen gehörte. Ihre dunklen Augen ähnelten denen eines Rehs.

In diesem Augenblick ließ ein lautes Klopfen an der Vordertür sie zusammenzucken.

Aus den hinteren Räumen rief Mrs Whitaker: »Bitte sieh nach, wer dort ist, Pocahontas.«

Also schob die Prinzessin den Riegel zurück und öffnete die Tür.

Draußen stand ein großer Mann. Als er das Mädchen erblickte, lächelte er und nahm seinen schwarzen englischen Hut ab. Sein Haar war braun mit goldenen Strähnen, und die Haut des Fremden sah fast so goldbraun aus wie ihre eigene. Anscheinend verbrachte der Mann viel Zeit in der Sonne. Seine klaren grauen Augen sahen sie freundlich und aufrichtig an.

»Mein Name ist John Rolfe«, stellte er sich vor. »Sie müssen Prinzessin Pocahontas sein und es ist mir eine große Ehre, Sie zu treffen.« Er verbeugte sich und blieb dann abwartend stehen. Das Mädchen wusste, dass sie etwas sagen sollte, aber ihr Kopf war völlig leer. Was sollte sie erwidern?

»Pocahontas, ich habe von Ihrer Weisheit und Ihrer großen Einsicht gehört«, fuhr der Fremde schließlich fort, »und ich bin aus Jamestown hierher gekommen, um Sie um Rat zu fragen. Ich möchte lernen, auf welche Weise man in diesem Land am besten Getreide anpflanzt. Ich weiß, dass Sie und Ihr Volk viel über diese Dinge wissen . . .«

»Pocahontas!« Jetzt erklang hinter ihr Mrs Whitakers Stimme. Sofort wirbelte das Mädchen herum.

»Mein Kind, möchtest du Mr Rolfe nicht bitten hereinzukommen?«, fragte die ältere Frau.

Jetzt erinnerte sich die Prinzessin an die Worte, mit denen man einen Gast an der Tür begrüßte.

»Oh, das ist nicht nötig, Mrs Whitaker«, warf Mr Rolfe ein. »Ich wollte die Prinzessin gerade fragen, ob ich sie bei einem kurzen Spaziergang durch den Garten und die umliegenden Felder begleiten dürfte. Dann könnte ich ihr einige Fragen stellen, wie man Getreide richtig anpflanzt.«

»Ich bin sicher, dass die Prinzessin hoch erfreut sein wird«, antwortete Mrs Whitaker. Sie nahm einen weichen Umhang von einem Haken neben der Tür und legte ihn um Pocahontas' Schultern. Dann bot Mr Rolfe ihr seinen Arm an und das Mädchen legte ihre Hand in seine Armbeuge. Als sie in Richtung der Felder davonschritten, schaute die Prinzessin zurück und sah, wie die ältere Frau ihnen lächelnd nachblickte.

Den Rest des Nachmittags verbrachte Pocahontas zusammen mit dem Fremden. Sie fand rasch ihre Sprache wieder und antwortete ihm auf alle seine Fragen. Während sie sich mit Mr Rolfe unterhielt, stellte sie erneut fest, wie viel sie über die Pflanzen wusste, die rings um den Chesapeake wuchsen. Sie war Häuptling Powhatan, ihren Brüdern und ihrer Mutter sehr dankbar für all die Dinge, die sie ihr beigebracht hatten.

Aber auch sie selbst richtete Fragen an Mr Rolfe. »Warum gibt es diese englische Mode, die Kleider so weit nach außen stehen zu lassen?«, wollte sie wissen.

»Dafür gibt es keinen Grund«, antwortete Mr Rolfe. »Es ist eigentlich eine törichte Sitte.« Sie mussten beide darüber lachen.

Außerdem erzählte die Prinzessin, sie habe einige Engländer mit Hüten gesehen, an denen sich merkwürdige Federn befanden.

»Ach ja«, sagte er, »das sind Straußenfedern.«

»Was ist das für ein Vogel, der so heißt? Wie sieht er aus?«

Jetzt nahm der Fremde einen Stock und malte damit ein Bild auf den sandigen Boden.

Schließlich fragte das Mädchen vorsichtig: »Können Sie nicht gut zeichnen oder sieht der Straußenvogel tatsächlich so merkwürdig aus?«

»Beides«, antwortete er und sie lachten wieder.

Nach einer Weile erzählte ihr John Rolfe von lustigen Erlebnissen aus seiner Kindheit. Er beschrieb, wie er eines Tages einen kleinen Fuchs in seinem Zimmer versteckt hatte, um ihn vor den Jagdhunden zu beschützen, und wie seine Mutter in Ohnmacht gefallen war, als sie das Tier entdeckte.

Pocahontas erzählte ihm von ihrem kleinen Otter.

Dann fragte sie, warum John Rolfe in dieses Land gekommen war, das so weit von England entfernt war. Er erklärte, er sei davon überzeugt, dass Gott ihn hier haben wolle. Und er erzählte ihr auch, dass er mit seiner Frau und seinem neugeborenen Sohn über den großen grauen Ozean gefahren sei. Aber die beiden seien gestorben, als das Schiff in einem Sturm unterging. Sogar in diesem großen Kummer habe er jedoch seinen Glauben an Gott nicht verloren.

Anschließend zeigte er ihr die kleine Bibel, die er immer in seiner Tasche bei sich trug. Und er besaß ein kleines Buch, das er Gebetbuch nannte. Inzwischen neigte sich der Tag dem Ende zu. Da die Prinzessin begonnen hatte lesen zu lernen, versprach John Rolfe ihr, sie in dem Gebetbuch lesen zu lassen, sobald er wieder nach Henrico kam. Dann verabschiedeten sie sich.

Als die warmen Sommertage dem Herbst wichen, erschien ein weiterer Bärtiger in Pocahontas' Umgebung. Er war Spanier – der erste Spanier, dem sie begegnete. Er berichtete, sein Schiff sei auf dem Chesapeake durch einen Sturm zerstört worden. Von der ganzen spanischen Besatzung habe er als einziger überlebt. Die Engländer hatten ihn in der Nähe von Jamestown gefunden und der Gouverneur hatte die Whitakers gebeten, ihn eine Weile in ihrem großen Haus aufzunehmen.

Der Name des Spaniers war Don Pablo. Die Prinzessin mochte ihn überhaupt nicht. Seine Augen folgten jeder Bewegung, die sie oder die Whitakers machten. Deshalb überlegte Pocahontas, ob der Mann womöglich ein Spion sei.

Eines Abends sprach Pfarrer Whitaker mit Pocahontas über eine biblische Geschichte und beantwortete geduldig ihre Fragen. Don Pablo saß in einer Ecke des Zimmers und hörte zu. Plötzlich platzte er heraus: »Ihr Engländer seid ein merkwürdiges Volk! Ihr verwendet so viel Zeit und Mühe darauf, jemanden zum Christentum zu bekehren! Wir Spanier hätten dieses Mädchen schon vor Wochen getauft!«

»Ich möchte sicher sein, dass sie alles versteht«, antwortete der Pfarrer höflich. »Sie soll ihre Entscheidung selbstständig und ohne Beeinflussung treffen.«

John Rolfe kam oft nach Henrico, und Pocahontas freute sich jedes Mal, wenn sie mit ihm spazieren gehen und reden konnte. An einem kühlen und wolkigen Nachmittag las sie laut aus seinem Gebetbuch vor. Sie las: »Wir schwören dem Teufel und seinen Werken ab.« Danach machte sie eine nachdenkliche Pause.

»Verstehst du diese Worte, Pocahontas?« fragte Mr Rolfe. Sie sah, wie der Nordwind sein goldbraunes Haar zerzauste.

»Oh, ja!«, antwortete das Mädchen. »Ich glaube, ich verstehe sie besser als jeder Engländer.«

In seinen Augen war Überraschung zu lesen.

Da fuhr Pocahontas fort: »Ich glaube, ich habe den Teufel und seine Werke beobachtet wie keiner von euch.« Noch nie hatte sie irgendeinem weißen Mann von der Dunklen Zeremonie und den Menschenopfern erzählt, die Okewas forderte. Doch jetzt brach es unter Tränen aus ihr heraus und sie berichtete John Rolfe alles, was sie gesehen und gehört hatte. Sie sagte ihm, wie sehr sie immer noch Lominas, den Freund ihrer Kindheit, vermisste. Lominas, der nie zurückkehren würde.

Als sie ans Ende dieser langen Geschichte kam, erklärte sie: »Und es gibt noch etwas anderes, das ich bestimmt viel besser verstehe und höher schätze, als ihr Engländer es tut, nämlich die Tatsache, dass Jesus am Kreuz starb, damit wir selbst keine Opfer mehr bringen müssen.«

John Rolfe nickte. Er erzählte ihr, dass auch seine eigenen Vorfahren auf der anderen Seite des Ozeans ihre Kinder geopfert hatten, bevor sie von Jesus erfuhren.

»Jetzt weiß ich«, fügte Pocahontas hinzu, »dass Jesus das vollkommene und einzig wahre Opfer ist. Deshalb hat der Teufel Okewas kein Recht mehr, irgendetwas von uns zu fordern.«

Nach diesem Gespräch ging Pocahontas zurück ins Haus und fand Pfarrer Whitaker an seinem Schreibtisch vor. »Pfarrer Whitaker, glauben Sie, dass ich bereit bin getauft zu werden?«, fragte sie ihn.

Da stand der Mann auf und nahm sie in seine Arme. »Ja, mein Kind«, antwortete er. »Du bist bereit.«

Die offene Tür

Pocahontas wurde an einem kalten Sonntagmorgen, in der Zeit, die die Engländer Februar nannten, in der Kirche von Jamestown getauft. Sie wollte auch einen christlichen Namen haben und entschied sich für Rebecca. Die Geschichte von Rebecca gehörte zu Pocahontas' liebsten Texten in der Bibel. Denn die biblische Rebecca war sehr tapfer gewesen und hatte eine weite Reise unternommen, um ihren Ehemann und ihren Glauben an Gott zu finden.

John Rolfe und das Ehepaar Whitaker standen neben ihr, als sie getauft wurde. In der darauf folgenden Woche kam Mr Rolfe wieder nach Henrico, um mit Pocahontas spazieren zu gehen.

»Ich habe mir Gedanken über etwas gemacht«, sagte er zu ihr. »Was wird dein Volk davon halten, wenn du als Christin zu ihnen zurückkehrst? Was werden sie tun?«

»Ich hoffe, dass ich trotzdem Medizinfrau eines Dorfes werden kann, wie mein Vater es ursprünglich gewollt hat. So kann ich den Leuten am besten die Wahrheit weitergeben, die ich über Gottes Sohn und seinen Geist gelernt habe.«

»Aber wirst du dich gegen die Medizinmänner behaupten können, die Okewas dienen? Wirst du nicht in Gefahr sein?«

»Ich weiß es nicht«, antwortete sie leise.

Nun blieben die beiden stehen und sahen sich an. John Rolfe umschloss beide Hände der Prinzessin mit seiner großen Hand. »Und wenn du nun nicht zurückkehren würdest?«, fragte er. »Wenn du für immer hier bleiben würdest – bei mir?«

Pocahontas wusste nicht, was sie darauf erwidern sollte.

Da nahm der Mann ein gefaltetes Stück Papier aus seiner Tasche und sagte: »Ich will dir vorlesen, was ich in einem

Brief an den Gouverneur geschrieben habe: ›Alle meine Gedanken und Hoffnungen kreisen um Prinzessin Pocahontas. Mit Ihrer Erlaubnis, Herr Gouverneur, möchte ich die Prinzessin um ihre Hand bitten. Sie hat bewiesen, dass ihr Glaube aufrichtig ist. Ich bin davon überzeugt, dass Gott, der uns nie im Stich lassen wird, für uns beide eine Tür geöffnet hat in ein gemeinsames Leben.‹«

John Rolfe faltete den Brief wieder zusammen und steckte ihn in seine Tasche zurück. »Pocahontas, ich hätte diese Worte nie geschrieben, wenn ich nicht glauben würde, dass du für mich ebenso viel empfindest wie ich für dich.«

Jetzt endlich konnte sie etwas erwidern. »Es stimmt. Du bedeutest mir sehr viel.«

Er kniete vor ihr nieder. Noch nie hatte Pocahontas erlebt, dass sich ein Mann vor einer Frau auf die Knie niederließ.

Seine Stimme war nur ein leises Flüstern. »Willst du meine Frau werden, Pocahontas?«

Nun ließ sich auch die Prinzessin auf ihre Knie nieder. »Ja, John Rolfe, ich will.«

Einige Wochen später wurde am fünften Tag des Monats, den die Engländer April nannten, im ganzen Land um den Chesapeake ein Festtag ausgerufen. Es war der Hochzeitstag von Prinzessin Rebecca Matoaka Pocahontas, der Tochter von Häuptling Powhatan, dem großen König über den ganzen Chesapeake.

Der alte Häuptling kam nicht zur Trauung in die Kirche von Jamestown. Aber er gab dieser Ehe seinen Segen und sandte seiner Tochter ein Halsband aus wunderschönen Perlen. Außerdem schickte er Parahunt nach Jamestown, damit sein Sohn ihn bei der Trauung vertreten und Pocahontas dem Engländer John Rolfe anvertrauen könnte. Parahunt trug Kniehosen aus Leder und eine Weste mit weißen Fransen.

Einhundertundfünfzig Krieger standen in einem feierlichen Ring um die Kirche. Alle trugen feierliche Bemalung und ihren stolzesten Federschmuck.

Pocahontas hatte Powhatans Perlen angelegt. Außerdem trug sie ein Stirnband, das Halewa gemacht hatte, und ein weißes Spitzenkleid von Mrs Whitaker. Als Brautstrauß hielt sie wilde Blumen in der Hand, die sie noch am selben Morgen gepflückt hatte.

Der Trauung folgte ein großes Fest. Algonkins und Engländer saßen beieinander und aßen das beste Essen aus Meer, Wald und Feldern. Anschließend erschien ein feuriges schwarzes Pferd, das einen Wagen zog. Damit wurde das frisch vermählte Paar in ihr neues Haus auf einem nahe gelegenen Hügel gebracht. John Rolfe hatte das Haus für seine Braut gebaut.

Zwischen den Algonkins und den Engländern war eine neue Zeit des Friedens angebrochen.

Ein Jahr später, ebenfalls an einem Frühlingstag, trug Pocahontas ihr Kleid aus Rehleder und ging einen Waldpfad entlang. Auf ihrem Rücken war ihr kleiner Sohn Thomas festgebunden. Sie waren unterwegs, um den Großvater des Kindes zu besuchen, den die Prinzessin seit fast sechs Jahren nicht mehr gesehen hatte.

Als die beiden das Dorf Rassawack erreichten, nahm Pocahontas vorsichtig das Bündel von ihrem Rücken und hob den kleinen Thomas aus Pelz- und Lederdecken. Sie nahm das Kind auf ihre Arme und ging in das große Langhaus.

Die Prinzessin war darauf vorbereitet gewesen, ihren Vater älter vorzufinden. Doch der Anblick seines tief zerfurchten Gesichtes ließ Tränen in ihre Augen steigen.

Häuptling Powhatan saß auf seinem pelzbedeckten Thron und streckte die Arme nach dem Kind aus. Sofort reichte Pocahontas ihm den Säugling und ihr Vater drückte das Kind an sich.

»Dieses Kind ist sehr schön«, verkündete der große Häuptling. »Es ist vollkommen. Deshalb soll es einen königlichen Namen erhalten. Ich werde deinen Sohn Pepsi-canow, ›Mächtige Wasser‹, nennen.«

Nun trat Pocahontas ein Stück näher und kniete nieder. Sie legte ihren Kopf auf die Knie ihres Vaters. Dann spürte sie, wie seine Hand über ihr Haar strich.

Als sie zu ihm aufsah, begann ihr Vater so offen mit ihr zu reden, wie er es vor langer, langer Zeit das letzte Mal getan hatte.

»Ist das denn richtig, mein Kind - diese Vermischung von englischem Blut und dem Blut der Algonkins? Ist es nicht so, als ob zwei verschiedene Gewässer wie das Salzwasser des Ozeans und das frische Flusswasser aufeinander treffen?«

Lächelnd schüttelte Pocahontas den Kopf: »Nein, mein Vater, es ist eher so, als ob zwei große Flüsse ineinander fließen und einen neuen Fluss bilden. Und dieser neue Fluss wird noch viel größer und mächtiger werden.«

Die Prinzessin hatte sich noch nicht weit von Rassawack entfernt, als sie auf ihrem Heimweg im dichtbewachsenen Abhang neben dem Pfad ein lautes Rascheln hörte. Sie hielt an und spähte durch die Bäume. Das Geräusch hatte sich nicht angehört, als ob es von einem Tier stammte.

Ihr erster Gedanke ließ sie vor Furcht erzittern: Sie musste an den alten Medizinmann und die beiden Okewas-Priester denken, die an jenem schrecklichen Tag in Comoco ihre Tomahawks geschwungen hatten. Seit damals hatte sie den Quiyow nicht mehr gesehen. Inzwischen war Pocahontas noch selbstbewusster und stärker geworden, und sie wusste, dass Jesus Christus sie beschützte. Trotzdem hoffte sie inständig, dem Medizinmann nie mehr gegenübertreten zu müssen.

Jetzt war alles still auf dem Hügel und zwischen den Bäumen regte sich nichts. Pocahontas fühlte mit einer Hand auf ihrem Rücken, dass der kleine Thomas sicher festgebunden war. Und dann drehte sie sich um und ging ruhig den Pfad entlang, ohne noch einmal zurückzuschauen.

Ein königlicher Abschied

Ein weiteres Jahr verstrich, und der Friede zwischen den Algonkins und den Engländern hielt an. Schon jetzt wurde er »der Friede der Pocahontas« genannt.

Und dann kam ein Frühlingstag, an dem Pocahontas und John auf dem belebten Dock vor Jamestown standen. Draußen auf dem Fluss lag ein Dreimaster vor Anker – die *Treasurer,* die in Kürze nach England segeln würde. Der einjährige Thomas stand auf unsicheren Beinen zwischen seinen Eltern und klammerte sich an den Rock seiner Mutter.

Sie gehörten zu einer Gruppe Algonkins und Engländern aus dem Chesapeake, die nach England eingeladen worden waren. Fast alle Reisenden waren schon an Bord gegangen – einschließlich Remcoe und Kahnessa, ihrem alten Freund Percy, dem Gouverneur von Jamestown und sogar Captain Argall.

Häuptling Powhatan schickte einen seiner besten Krieger aus Rassawack, Tomo-como, mit auf diese Reise. Der Algonkin-Krieger lehnte sich am Rande des Docks auf seinen Stock. Diesen Stock sollte er zum Zählen benutzen. Häuptling Powhatan hatte ihm befohlen, für alle zehn Menschen, die er nach seiner Ankunft in London sah, eine Kerbe in den Stock zu machen. Auf diese Weise würde er Häuptling Powhatan ganz genau Bericht erstatten können, wie viele Menschen in England lebten.

Pocahontas wünschte, Tomo-como würde nicht mitkommen. Er war ein Diener des Kriegsgotts Okewas. Sogar heute war er vollkommen schwarz bemalt und trug ein graues Wolfsfell über seinem Rücken. Der Kopf des Wolfes ragte über seinen Kopf hinaus. Und um seine Ohren wanden sich lebendige Ringelnattern.

Plötzlich hielt die Prinzessin entsetzt den Atem an. Hinter Tomo-como trat der alte Quiyow aufs Dock. Er ging geradewegs auf Pocahontas zu und blieb genau vor ihr stehen. Dann richtete er seine ganze drohende Aufmerksamkeit auf sie.

»Ich bin gekommen, um deine Reise zu verfluchen«, knurrte er. »Die Macht des großen Okewas wird dieses Schiff auf den Grund des großen grauen Ozeans sinken lassen. Ich verspreche dir, Matoaka, dass du niemals das Land der Tassen-tassees erreichen wirst.«

John Rolfe schlang seine Arme fester um Pocahontas. Sie wusste, dass er die Worte in der Algonkin-Sprache nicht verstehen konnte, doch er musste ihre Bedeutung erraten haben. Der kleine Thomas fing plötzlich an zu weinen und die Prinzessin bückte sich und nahm ihn auf ihre Arme.

Noch einmal stieß der Quiyow einen seltsamen Singsang aus, bevor er verschwand.

»Hab keine Angst, Pocahontas«, sagte John zu seiner Frau, während er sie weiterhin umfasst hielt. »Gott ist mit dir und auch mit mir und dem kleinen Thomas. Wir sind in der Hand des Allmächtigen und er ist viel stärker als der Böse.«

Einige Augenblicke später waren sie an Bord des Schiffes. Die Zuversicht ihres Mannes gab der Prinzessin neuen Mut. Rasch verdrängte sie die Erinnerung an den Quiyow und dankte stattdessen dem Schöpfergott für seine Allmacht.

»Wir sind in seiner Hand«, wiederholte sie im Stillen.

Der Wind wurde stärker. Über ihrem Kopf konnte sie die großen weißen Segel sehen, die hinabgerollt wurden und sich sofort im Wind blähten. Wieder musste die Algonkin-Prinzessin an riesige Schwäne denken. Sie lächelte.

»Anker lichten!«, schrien die Männer, die auf dem Schiff arbeiteten. »Legt ab!«

Langsam entfernte sich die *Treasurer* vom Ufer. Doch es dauerte nur wenige Augenblicke, bis das Schiff von einer starken Brise vorwärts getrieben wurde. Die Geschwindigkeit nahm den Reisenden fast den Atem. Wie gebannt standen Pocahontas, John und der kleine Thomas an der Reling und hielten einander fest.

Bald darauf fuhren sie um eine Landspitze, die ihnen die Sicht auf Jamestown nehmen würde. Nun pflügte das Schiff durch die Wellen des Chesapeake, der großen Bucht, die alle Flüsse dieser Gegend vereinigte und ihr Wasser ins Meer hinaustrug.

Da sah Pocahontas ein Stück voraus ein überraschendes Bild.

Aus nördlicher Richtung steuerte ein prächtiges Boot mit vierzig Paddlern auf sie zu - Powhatans königlicher Einbaum! Viele kleine Kanus bildeten eine Begleitflotte. Die Algonkins in den Booten trugen ihren zeremoniellen Federschmuck und waren vollständig bemalt.

Über die glitzernden Wellen klangen das Paddel-Lied der Algonkins und die Schläge der Trommeln zu ihnen herüber.

Der mächtige Powhatan selbst stand hoch aufgerichtet hinten in dem großen Einbaum. Über seinem Kopf schwang er einen Stab mit Adlerfedern. Es war ein königlicher Abschiedsgruß an seine Lieblingstochter.

Alle Passagiere der *Treasurer* versammelten sich um Pocahontas, um diesen außergewöhnlichen Abschied mitzuerleben.

Unaufhörlich winkte Pocahontas der Flotte zu und wandte ihre Augen keinen Moment vom Boot ihres Vaters ab. Es erschien ihren Augen immer kleiner, bis nur noch ein schmaler Streifen am Horizont sichtbar war. Noch lange sah sie den erhobenen Stab, der ihr zuwinkte. Bis schließlich gar nichts mehr zu sehen war.

Da hob die Prinzessin die Hand zu einem allerletzten Abschiedsgruß.

Am nächsten Morgen eilte Pocahontas bei Anbruch der Dämmerung auf Deck, um wieder die salzige Gischt und den starken Seewind auf ihrem Gesicht zu spüren. Kurz darauf trat John zu ihr an die Reling. Ein Stück entfernt konnten sie Wale erkennen, die an die Wasseroberfläche kamen, und die Prinzessin erzählte ihrem Mann, wie ihre Brüder den mächtigen Wal jagten.

»Du warst doch selbst immer so abenteuerlustig«, meinte John, »wolltest du sie da nicht gerne begleiten?«

»Ich wusste, dass die Waljagden zu gefährlich waren«, antwortete sie. »Aber einmal habe ich mich in Parahunts Kanu versteckt, als die Brüder zum ersten Mal aufbrachen, um Jamestown auszukundschaften. Aber sie entdeckten mich rasch und brachten mich wieder nach Hause. Damals glaubte ich, ich würde niemals mehr irgendein Abenteuer erleben. Und jetzt sieh nur, wo ich bin!«

Fünf Wochen später saß Pocahontas in ihrer Kabine unter Deck und schaukelte den kleinen Thomas auf ihrem Schoß. Da hörte sie die Schiffsglocke läuten und den lauten Ruf: »Land in Sicht!«

Überall waren eilige Schritte zu hören, als die Passagiere aus ihren Kabinen stürzten. Pocahontas wickelte ihren Sohn schnell in eine Decke und folgte den anderen nach oben. John war schon dort und begrüßte sie mit einem aufgeregten Lächeln. Er zog sie an die Reling und zeigte auf eine graue Linie am Horizont. England!

»Der Kapitan sagt, dies sei die kürzeste Überfahrt, die er je erlebt hat«, berichtete John.

Ganz in der Nähe stand Tomo-como. Die Schlangen in seinen Ohren hatten die Überfahrt nicht überlebt. Pocahontas sah, wie er die toten, ausgetrockneten Reptilien aus seinen Ohren zog und über die Reling warf. Sie trieben auf den Wellen fort und waren bald nicht mehr zu sehen.

Epilog

Die *Treasurer* kam im späten Frühling des Jahres 1616 in England an. Tomo-como gab es schnell auf, seinen Stock mit Kerben zu versehen, nachdem er die menschenüberfüllten Straßen Londons gesehen hatte.

Prinzessin Pocahontas - auch als Lady Rebecca Rolfe bekannt - wurde vielen berühmten Persönlichkeiten jener Zeit vorgestellt. Sie sah ein Stück von William Shakespeare im Globe Theater und verbrachte einen Tag im Parlament.

Außerdem wurde sie Königin Anne vorgestellt, der Frau von König James. Als Pocahontas vor ihr den Hofknicks machte, stand die Königin auf und verbeugte sich ebenfalls. »Wir sind beide von königlichem Blut, mein Kind«, erklärte sie. Später begegnete Pocahontas auch dem König selbst.

Die Prinzessin fand schließlich heraus, dass Captain Smith tatsächlich immer noch am Leben war. Er hatte einen Brief an Königin Anne geschrieben und darin berichtet, wie Pocahontas sein Leben und das vieler Menschen in Jamestown gerettet hatte. »Ohne sie«, hatte er geschrieben, »wäre alles verloren gewesen.« Er erinnerte die Königin daran, dass Pocahontas »die erste aus einem großen Volk war, die sich zum Christentum bekehrte«. Einige Zeit später konnte Pocahontas ihren älteren Bruder persönlich treffen. Sie erfuhr, dass er die Hoffnung nie aufgegeben hatte, wieder zum Chesapeake zurückzukehren.

Nach mehreren Monaten machten Pocahontas und ihre Familie wieder Pläne für ihre Heimfahrt. Doch die Prinzessin war krank geworden und ihr Zustand verschlimmerte sich. Pocahontas starb im März des Jahres 1617 im Alter von zwanzig Jahren. Sie wurde in England begraben.

Als John Smith von ihrem Tod erfuhr, schrieb er in einem Brief folgende Worte: »Wenn wir an all die mutigen Taten der jungen Prinzessin denken, die sie nicht nur um meinetwillen, sondern auch für ihr eigenes Volk und die Bewohner von Jamestown vollbracht hat, können wir nur eines sagen: Ganz sicher war es Gott, der Pocahontas erschaffen hat.«

Was wir über die echte Pocahontas wissen

Die historischen Aufzeichnungen vermitteln uns folgendes Bild der echten Pocahontas: Sie wurde im Jahre 1597 in Häuptling Powhatans Dorf Werowocomoco geboren (in diesem Buch kurz »Comoco« genannt). Wir wissen, dass Pocahontas ungefähr zehn Jahre alt war, als sie ihr Volk daran hinderte, den englischen Captain John Smith zu töten. Außerdem erfahren wir, dass sie später oft von den englischen Siedlern in Jamestown beim Radschlagen beobachtet wurde. Pocahontas wird als klein und schlank, aufgeweckt und sehr schön beschrieben.

Über ihren Vater, Häuptling Powhatan, und seine große Familie gibt es zahlreiche Informationen. Pocahontas war die Lieblingstochter ihres Vaters. Unter ihren vielen Brüdern trugen zwei tatsächlich die Namen Tatacoope und Parahunt und auch einige Schwestern sind uns bekannt.

Die Algonkins opferten dem Kriegsgott Okewas. Die Aufzeichnungen berichten von dem alten Quiyoughcosuck (»Quiyow« in diesem Buch), dem Okewas-Priester, der Ohrringe aus lebenden Schlangen trug und zu einem Gegner Pocahontas' wurde. Wir wissen, dass die Algonkins dem Kriegsgott Okewas tatsächlich Hunderte von Menschenopfern brachten.

Pocahontas war in Jamestown, als Captain Smith von einem Mann namens Ratcliffe fälschlich beschuldigt wurde und das Schiff von Captain Newport aus England einlief. Bekannt sind auch die Namen einiger Männer, die Pocahontas in der »Nacht des Schreckens« warnte, wie es in diesem Buch erzählt wird. Und wir kennen die Namen von drei englischen Jungen, die Pocahontas aus Werowocomoco retten wollte.

Aus vielen Briefen und Tagebüchern erfahren wir zudem unzählige Einzelheiten über Pocahontas' Zeit in Henrico bei Pfarrer Whitaker und seiner Frau, über Pocahontas' Beziehung zu John Rolfe, ihre Heirat und die Geburt ihres Sohnes Thomas.

Selbst den Spanier in Henrico hat es tatsächlich gegeben – und er war wirklich ein Spion. In den Briefen an seinen König schrieb er: »Der englische Pfarrer ist sehr zurückhaltend im Umgang mit der indianischen Prinzessin und will sichergehen, dass ihr Glaube echt ist. Wir Spanier hätten sie schon längst getauft!«

Selbst über Pocahontas' Aufenthalt in England wird uns viel berichtet – über die Bälle, zu denen sie eingeladen war, und die Häuser, in denen sie sich als Gast aufhielt. Pocahontas traf den Dichter und Dramatiker Ben Jonson und den Forscher Walter Raleigh. Und wir wissen, dass sie großen Eindruck auf das englische Königshaus machte.

Wir kennen ihr »großes Glaubensbekenntnis«, das sie auf ihrem Totenbett in der Stadt Gravesend in England sprach. Pocahontas' letzte Worte zeugten von ihrem festen Glauben an die Auferstehung. Sie äußerte den Wunsch, ihr kleiner Sohn Thomas möge von den Eltern seines Vaters in England erzogen werden, damit er eines Tages als gebildeter, gläubiger Mann zum Chesapeake zurückkehren könne und dort für die Algonkins und die Engländer ein Segen sein möge.

Von der gleichen Autorin:

Der Sohn der Pocahontas

160 Seiten, Oncken-Taschenbuch, Bestell-Nr. 628 020

Nach dem Tod seiner Mutter Pocahontas wächst Thomas bei seinen Großeltern in England auf. Sein sehnlichster Wunsch ist es, endlich in das Land reisen zu können, in dem er geboren wurde: Amerika. Doch als es endlich so weit ist, herrscht zwischen dem Stamm seiner Mutter und den weißen Siedlern Krieg. Und Thomas muss sich plötzlich zwischen zwei Welten entscheiden – und den beiden Menschen, die ihm am meisten bedeuten.